目次

装幀　鈴木正道（Suzuki Design）
装画　浅野隆広

駿風の人

第一章　駿河の兵《つわもの》

一

寝所の梅岳承芳《ばいがくしょうほう》（のちの義元《よしもと》）は、板戸が密やかに叩かれる音で、眼を覚ました。

天文五年三月十七日の深夜である。

寝床で起き上がった承芳が、闇に閉ざされた板戸を見やる。闇の中で板戸は規則正しく叩かれ続けていた。

「禅師か」

承芳の声が闇に溶けると、板戸が軋《きし》み手燭《てしょく》の灯が承芳の声に応えた。

「御意」

承芳に応じた声の主が、手燭の光の中で承芳に顔を向ける。鏡に反射したように、その眼眸が光った。禅僧の黒衣をまとった太原崇孚雪斎《たいげんそうふせっさい》の声が、闇を破る手燭の光から聞こえてきた。

「先刻、駿府館において御屋形が亡くなられました」

だが、それだけで終わらなかった。

「御屋形と同日同時刻に彦五郎《ひこごろう》殿もご逝去あそばされました」

御屋形とは承芳の兄、今川氏輝《うじてる》だ。彦五郎はその氏輝の双子の弟だった。

寝床で半身を起した承芳は、しばらく口を利かなかった。兄の今川氏輝は二十四歳である。血気盛んな若者兄弟が、同日同時刻に死んだというのだ。

天井を見上げる。闇が迫ってくる気がした。

「禅師」

承芳が呼びかける。

「予はいかがすべきや」

「とりあえず」

雪斎は坊主頭を撫《な》でて答える。

「急ぎ此処《ここ》を出るべきかと」

いま承芳がいる旧北川殿と駿府館とは、目と鼻の先ほどの距離だ。

無言でうなずいた承芳が、寝間着のまま板戸の外へ出る。暗い廊下は素足に冷たく、濡れ縁に出ると、冷たい外気が身に応えた。三月（旧暦）とはいえ、夜の冷え込みは、この駿河でも厳しいが、庭先に出たとたん、背後から黒々とした影に見下ろされた気がした。雪斎が手燭の灯を吹き消す。真っ暗になった庭先で、雪斎のささやき声が聞こえた。

「用心が肝要にござる」

その雪斎の声を耳に、承芳が裏山を見上げる。何も見えなかったが、そこにあったのは賎機山《しずはたやま》の砦《とりで》だ。今川氏の危急を救うその砦を、いまの承芳は用心しなければならなかった。

「あの砦からこちらを見下ろしているのは福島衆かもしれんな」

捨てぜりふのようにつぶやいた承芳が、雪斎の足音に付いていくと、裏門のあたりに出た。

ここで雪斎が裏門の屋根の陰に入り、灯を見られぬように先ほど吹き消した手燭に再び灯を付ける。その灯を用心深く、裏門から回したところ、その先の櫓《やぐら》の陰から同じく灯の合図が返ってきた。

「菅助《かんすけ》か」

雪斎が問うと、返事の代わりに本人が姿を現した。旅支度を調え腰に頑丈な太刀を帯びていたが、それよりも印象に残ったのは、菅助と呼ばれたその男の面構えだった。

悪党づらだが、腹が据わった感じである。

「山本菅助と申す者にござる」

雪斎に披露されたその男は、いくさ場の着到《ちゃくとう》などよりも、このような場の方が似合っているのかもしれない。

「御曹司」

菅助の錆《さ》びた声が聞こえてきた。

「寝間着のままにござるな。その恰好では無理じゃ」

菅助から革衣を渡され、その場で承芳が着替える。寝間着を脱ぎ捨てたところ、菅助が雪斎に質《ただ》した。

「禅師殿、御曹司が神隠しに合ったように見せたいのであろう」

雪斎がうなずく。

「ならば、御曹司の寝間着を此処に残しておいては台無しになる」

承芳の寝間着を丸めながら、菅助は雪斎に念を押した。

「御殿を出るところを誰にも見られませなんだな」

「わしは菅助のように夜盗の真似をしたことはないが」

「真似ではござらぬ」

菅助は二人の出てきた裏門から御殿の気配を嗅ぐようにしながら雪斎に答え、丸めた承芳の寝間着を首から掛けた。

二

山本菅助の先導で、承芳と雪斎は旧北川殿を抜け出す。行く先がどこなのか、承芳は知らない。

黙々と進むうち、先頭の菅助が立ち止まった。承芳が闇に眼を凝らしてみると、そこに大きな動物の動く気配があり、ケモノの臭いが漂ってきていた。

馬である。大きな馬だったが、ひどくおとなしい。枚《ばい》を口に含ませてはあったものの、いななくどころか、鼻息まで密やかだった。

「お乗りあれ」

菅助の声が聞こえて、承芳と雪斎が鞍《くら》にまたがる。馬の口を取った菅助とともに、また黙々と進み始めた。

行く手に安倍川がある。だが菅助は渡し場や徒歩で渡れる浅瀬へ、承芳たちの乗った馬を付けようとはしなかった。

誰もいない真っ暗な河原へと菅助は馬を進めていく。どのあたりなのか承芳にはわからなかったが、やがて地響きのような川音が聞こえてきた。

相当に流れが速いらしく、浅瀬というには川音がくぐもり過ぎていた
「鐙《あぶみ》から足をお外しなさい」

菅助に言われ、承芳と雪斎が、その通りにすると、菅助は首に掛けていた承芳の寝間着で鐙を馬の背に括り付けた。着衣を脱ぐと「禅師殿」と雪斎へ放り、太刀は承芳に押し付ける。だが馬から下りろ、とは言わない。褌《ふんどし》一つになった菅助は、馬の口を取って、そのまま急流へと乗り出していく。たちまち急流に呑まれたかと思いきや、馬の口を取った菅助に操られた馬は、すいすいと急流を泳ぎ渡っていった。

無事に対岸に着いたとき、周囲はまだ真っ暗だったが、再び馬の背に揺られるうち、あたりが白々と明け始めた。

此処がどこなのか、承芳にはおよその見当しかつかなかったが、闇が払われ始めた周囲は、朝霧に霞んだ山々の光景だった。

「此処にてしばしお待ちあれ」

そう告げた菅助が、馬を引いて姿を消す。露草に腰を下ろした承芳へ、雪斎が握り飯を渡した。それにかぶりついた承芳が、ふと手を止めて雪斎を見やる。

「御屋形（今川氏輝《うじてる》）を手にかけたのは、やはり福島の者なのか」

するとと雪斎はとぼけたように応じた。

「まさか、そんなことをしでかせば福島衆は、大逆の謀叛《むほん》人になってしまうではありませんか」

「ならば――」

「御屋形様を手にかけたのは、御屋形様の双子の弟たる彦五郎《ひこごろう》殿です」

そして今川彦五郎が今川氏輝を手にかけるや、「待ってました」とその場に現れた福島越前《えちぜん》が、主殺しの大逆人として今川彦五郎を成敗したというのだ。

「福島越前か」

承芳が暗鬱《あんうつ》に漏らす。福島越前の顔は、承芳もよく知っていた。十年前に父の氏親《うじちか》が死んだとき、福島越前は岡部親綱《おかべちかつな》とともに氏親の棺を担いだ。亡父氏親の時代からの側近であり、その屋敷も駿府館の内にある。凶行の現場へ真っ先に駆けつけても、決してあやしまれることはない。

「危うく彦五郎兄者に同心したと因縁をつけられ、この承芳も始末されるところであった」

淡々と発した承芳が、雪斎に告げる。

「禅師のおかげだ。礼を申す」

雪斎は庵原《いはら》氏の出身だったが、今川氏輝の馬廻《うままわり》に庵原弥四郎《やしろう》という者がいる。その弥四郎が駿府館の凶行を急ぎ雪斎に知らせたのだと、承芳にも見当がついた。

するとと雪斎は厳粛な面持ちで、かぶりを振ってみせた。

「御曹司、簡単に礼辞など仰せになるものではありませぬ」

そこへ山本菅助が戻ってくる。引いていった馬の代わりに、太刀や打ち鍬《くわ》（ツルハシ）を含めた山伏装束を小山のように担いでいた。どうやら馬を売って、山伏装束を手に入れたらしい。

それを見た承芳が、少し不機嫌に「銭が入用ならば申せ」と、砂金の錦袋を菅助に投げる。すると砂金の錦袋を受け止めた菅助が、それを突き返して承芳へ言った。

「このような、お殿様まる出しの物をひけらかしては、たちまち足が付いてしまいますぞ」

三人は此処で山伏装束に着替える。山伏（修験者）といっても、打ち鍬を担いだ出で立ちだから、三人の扮装は鉱山師のそれだ。

この一帯は安倍金山の山々で、大勢の鉱山師が入り込んでいる。菅助に倣《なら》い、承芳も雪斎も軽々と打ち鍬を担いだ。その前に渡された太刀を承芳があらためたところ、刃引きを済ませた、すぐにも使える代物だった。

「用心のためにござる」

渡されたばかりの太刀をあらためた承芳を見やって、菅助は左腰から自慢の太刀を抜いてみせる。手渡された菅助の太刀はズシリと重かったが、刃引きされていただけでなく血錆びまで浮かんだその太刀を、承芳は軽々と振ってみせてから返した。ちらと苦笑を浮かべた菅助が、左腰の鞘《さや》に太刀をおさめる。

「菅助」

不意に名を呼ばれた。見やれば、承芳が菅助に向かって左目を隠してみせている。左目が見えぬのであろう——という意味だ。

「よく、お気づきになられましたな」

菅助の声が裏返っていた。承芳は気づかぬ顔で、菅助に質《ただ》す。

「そろそろ教えてくれぬか。どこへ参るつもりだ」

「富士宮へ」

承芳を見直したのか、あらたまった調子で菅助は答える。

「大宮城へ参るつもりか」

大宮城と善徳寺の周辺は、梅岳承芳の地盤とも言うべき所だ。だが菅助は、きっぱりと首を横に振った。

「大宮城に入るつもりなら、寝間着姿の御曹司を連れ出したり、わざわざ渡河地点を外して急流を渡ったり、鉱山師の恰好で山の中をうろうろしたりはいたしませぬ」

肝心なのは、旧北川殿から姿を消した梅岳承芳の行方を、敵につかませぬことである。

「大宮城へなど入ろうものなら、明日にも福島衆の軍勢が押し寄せてまいりますぞ」

声高に言い放った菅助へ、承芳が再び問う。

「ゆえに尋ねておるのだ。いずれに参るつもりか、と」

「村山寺へ」

菅助の答えが返ってきた。

村山寺は村山修験で知られており、境内は街区と言った方がよい。承芳が雪斎を見やったところ、大きくうなずき返してきた。

三人が鉱山師の扮装《ふんそう》をしたのも、村山寺に入るためである。富士登山の入口でもある村山は、いま一攫千金《いっかくせんきん》を狙う鉱山師であふれている。

一行は菅助、承芳、雪斎の順に、みな各々の打ち鍬を担いで山道を進み始める。ときどき菅助が立ち止まって祭文《さいもん》のようなものを読み上げ、承芳の背後で雪斎がくすくすと笑う。

「でたらめだぞ、菅助」

雪斎に茶化されても、菅助は平然としている。

「こんなもんですよ。此処へ来る連中の祭文は」

承芳から、前を行く菅助が握っている打ち鍬の柄が、よく見える。打ち鍬の柄を握る菅助の手には、親指も人差し指もなかった。

「菅助、その方、指も揃っておらぬな」

先ほどは太刀を左腰におさめる際の僅《わず》かな異変で、左目が見えぬことを見抜かれた菅助だったが、このたびは一目瞭然《りようぜん》だったから、菅助にも驚きはない。だから答える代わりに、差し添えの脇差を示した。その脇差に大きな鍔《つば》が嵌《は》め込まれている。

かつて太刀を抜く間もなく脇差で相手と切り結んださい、鍔がなかったため、相手の刃を鍔で受け止めることができず、指を落してしまったという。

「予も脇差に鍔を付けることにしよう」

承芳が応じると、菅助はうなずき返す。

「おれは外しませんよ」

先頭の菅助が平然と深い谷へ下っていく。鬱蒼《うつそう》たる山林が上からのしかかってくる心地がして、周りの見通しも一気に悪くなったが、菅助は見通しもつかぬその先へと、少しのためらいもなく進んでいった。

深い谷を抜けると、突然に視界が開けた。重量感のある山々の光景だ。承芳と雪斎は立ち止まってその光景を眺めたが、菅助は眼もくれずにケモノ道と見まがう鉱山師の道を、過《あやま》たず次の針路とする。

「菅助、予に仕えぬか」

承芳が菅助に声をかける。その背中に問うた。

「知行《ちぎょう》はどれほどを望む」

「百貫文は頂戴したい」

菅助の背中から返ってきた。

「聞き置く」

即答した承芳が、ややあってから続けた。

「無事に今川家の主になれれば――の話だが」

不意に菅助が振り返って言った。

「なれ申すよ」

三

村山は治安の悪い所である。

一攫千金を狙う鉱山師などはまだいい方で、掘り当てた金の横取りをたくらんでいる輩も少なくはなく、富士山参詣を引率する修験者（御師《みし》も含む）のなかにも、詐欺《さぎ》師まがいの連中が大勢いた。

だが人の出入りの激しい村山は、梅岳承芳の潜伏先として相応《ふさわ》しかったとしか、言いようがない。あらゆる素性の者が紛れ込んでいる此処では、新顔が人の注意を引くことはなく、承芳のような目立つ存在が潜伏できる唯一の場所だったと言えよう。

村山に入った承芳たちは、大鏡坊《だいきょうぼう》の一角に腰を落ち着ける。意外なことに仲介を務めた修験者（山伏）は承芳の正体を知っているらしく、態度もずいぶん丁重だった。

此処に渡りを付けた太原雪斎に「あの修験者、信用できるのか」と質したところ、雪斎は人を食ったような顔で「福島衆よりは」と答えてきた。

僧房の拵《こしら》えはよく炭櫃《すびつ》も置かれており出された食事も温かで、山伏並みの山岳徒渉を行った承芳は、ようやく人心地ついたものの、飢寒《きかん》が去れば、己れの立場の厳しさを、ひしひしと感じざるを得ない。

何も承芳は好きこのんで村山寺のような治安が悪い場所に潜伏したのではなかった。大鏡坊のこの一角とて、絶対に安全とは言えない。だから僧房から表をのぞけば、必ず山本菅助が見張りをしている。菅助は板戸の正面を塞《ふさ》いで頑張っているわけではなかったが、いつも承芳の居場所を守っていた。僧房の扉を開けて「おや、姿が見えないな」と感じて、左右を注意深く見回してみると、必ず戸の陰、柱の陰に菅助の姿があった。

敢えて承芳はそんな菅助に声をかけようとはしなかったが、代わりに雪斎が言ったものである。「菅助は外しませせぬ」と。

雪斎と菅助の心遣いは有難かったが、そもそも気心の知れぬ村山寺に潜伏せざるを得なかったのは、承芳は駿河国の外へ出られなかったからだ。承芳も雪斎も長く京都の建仁寺《けんにんじ》におり、京都に助けを求められそうに思えるが、駿河国の外へ出られなかったのだ。

駿河国は鉄壁の外城によって守られている。丸子、用宗《もちむね》、宇津山など、承芳の亡父、氏親をはじめとする代々の今川当主によって築かれてきた。だがそれらの城が、いま今川の血を引く承芳を追い詰めているのである。いま、それらの外城は福島衆に握られ、承芳の脱出を阻んでいた。駿河湾から船で逃れようにも、海を見張る久能山城《くのうやま》は福島衆の手にあり、見つかってしまう恐れが強い。駿河湾の東で見つかってしまえば、駿河湾の西にある焼津《やいづ》は福島衆の拠点だから、無事に駿河の外へ出られる可能性は低かった。

とりあえず承芳たちは村山寺に潜伏した。潜伏は成功し、福島衆も他の今川家中の者たちも、駿府から消えた承芳の行方をつかめていないようだ。だが、此処に鼠《ねずみ》のように隠れていても、埒《らち》が明かない。承芳は弱みを見せないようにしていたが、それでも雪斎に尋ねざるを得なかった。

「禅師、これからどうするつもりだ」

「さてと」

雪斎は坊主頭を撫でながら答える。「小田原を味方につけるよりほかに手はありますまい」と。

「そうだな」

承芳も力なく笑う。

だが伊豆相模の両国を支配する小田原の北条氏綱こそが、承芳を追い詰めている福島衆の後ろ盾なのだ。

のちに福島氏出身の綱成《つななり》が北条氏綱の娘婿となって北条姓を名乗ったことでも分かる通り、福島衆は小田原北条氏の一門同然であり、一の子分でもあった。

そんな福島衆には切り札がある。玄広恵探《げんこうえたん》だ。花倉《はなくら》殿と呼ばれる恵探は、福島氏を母に持つ今川氏親の子だった。承芳の異母兄であり、承芳と同じく出家していたが、やはり承芳と同じく出家を取り消す意志を表していた。

承芳も恵探も還俗《げんぞく》（今川家に戻る）すれば、今川家を継承する資格が生まれる。

「だから命を狙われても仕方がない」

大鏡坊の僧房に隠れ潜んだ承芳が、対面の雪斎に告げる。雪斎を真似て、承芳も頭を撫でてみせたが、雪斎のように、つるりとはいかず、生えかけた髪が、ざわざわとした。

「御曹司、殺されるのを座して待っていても、面白くありますまい」

雪斎に言われて、承芳は声に出して笑う。

「いかにも、禅師の申す通りだ。だがいかにする。小田原を味方に付けるなど――」

「たやすいことです」

断固として雪斎は承芳を遮った。沈黙した承芳に向かって雪斎は畳みかける。

「花倉殿（玄広恵探）と福島衆の尻を持つより、御曹司の味方をした方が得だと合点させれば、それで済み申す」

つまり小田原（北条氏綱）が、恵探と福島衆を見捨てても手に入れたいものは何か考えろ、ということだ。

「河越城《かわごえ》だ」

承芳は答える。雪斎は大きくうなずいてみせたが、承芳はしらけた顔になった。

河越を完全に制圧できれば、小田原北条氏が標的としている武蔵国の支配が安定するだけでなく、北関東進出の拠点ともなる。関東制覇は先代（北条早雲《そううん》）からの悲願であり、当代の北条氏綱にとっても、何物にも代えがたい宿願だった。

だがしかし――今川氏はその河越城とは何の関わりもなかった。河越をめぐって争っているのは小田原北条氏と（扇谷《おうぎがやつ》）上杉氏であり、地理的にも離れている今川氏には少しの影響力もなかった。

「我らが小田原に対し河越城を進呈します、と言ってみろ。鬼が笑うぞ」

冗談めかして承芳は言ったが、雪斎の顔つきは真剣だった。

「御曹司、視野を広げねばなりますまい」

両眼を見開いて、雪斎は承芳を覗き込む。吸い込まれそうな眼ざしの雪斎が続けた。

「上杉が小田原と争えるのは何ゆえか」

「甲斐の武田が上杉を支えておるからだ」

これまた承芳の即答だ。甲斐国は河越のある武蔵国と国境を接している。小田原北条氏の武蔵国進出に無関心ではいられるはずはなく、河越城の（扇谷）上杉氏を支援して、小田原北条氏の脅威を防ごうとしていた。

「となれば話は簡単でござる。武田に武蔵国から手を引かせれば、小田原は大喜びして我らの味方をいたしましょう」

駿河（今川氏）と甲斐（武田氏）の関係が良ければ、それも不可能ではない。だが今川氏は昨年に武田氏と大きな合戦をしたばかりだ。最も関係が悪い相手と言って差し支えない。

村山のある富士宮は、身延《みのぶ》道で甲斐《かい》国とつながっている。

「だが甲斐国へ逃げるのだけは勘弁だな」

皮肉交じりに承芳は言う。すると雪斎は煙に巻くような顔つきになった。

「さてさて御曹司は頑《かたく》なにおわすな。となれば向こうの方からおいでいただくよりありませぬ」

そう雪斎がぼやくや、僧房の板戸を押し開かれて山本菅助が姿を現した。錆びた声で、承芳に告げる。

「武田太郎殿、ただいま甲斐国から御着きにござる」

と顔を合わせることになってしまった。

四

梅岳承芳は、いきなり武田太郎晴信《はるのぶ》（のちの信玄《しんげん》）と顔を合わせることになってしまった。

辣腕《らつわん》で知られる甲斐国主、武田信虎《のぶとら》の嫡子、武田晴信は、意外にも少しぼんやりした風貌の持ち主で、ぼそぼそと承芳に挨拶した。

挨拶を返した承芳は、突然にやって来た武田晴信を、息をひそめてうかがう。しきりに眼をしばたたかせていた晴信は、鼠のようにびくついて見えるが、その瞳の奥は鏡のように静まり返っていた。

ちらと承芳は雪斎をうかがう。とぼけた顔をしているが、承芳は雪斎が此処を潜伏地に選んだ第一の理由を、ようやく察した。甲斐国主の嫡男たる武田晴信が、国境を越えてこんな場所までやって来たのは、雪斎の注進を受けたからだけではあるまい。此処の修験者（御師を含む）には、武田の間者も多く入り込んでいると聞く。おそらく晴信には雪斎の注進を裏付ける間者の報告があったはずだ。

「ええと」

晴信がぼそぼそとした声で一同を見回す。この場にいたのは、今川方の承芳、雪斎と武田方の晴信、そして彼の供をしてきた駒井高白斎《こまいこうはくさい》の四人である。

「まずはこのたびの経緯をお聞かせ願いたい」

これを受けて雪斎が淡々と話す。

「先月、御屋形（今川氏輝）が小田原へお越しあそばされたのはご存知かと」

晴信が眠たげな顔でうなずく。

「姫御前《ひめごぜ》（今川氏親の娘——氏輝・彦五郎。承芳・恵探の姉妹）が小田原殿（北条氏綱）の御嫡子（氏康）と祝言を上げられ、そのめでたい席に駿府の府君（今川氏輝）も駆けつけられたとうかがっております」

晴信に代わって駒井高白斎が、差し障りなく応じた。

駿河国主たる今川氏輝が自ら小田原まで赴いたのには、前年にいま目の前にいる武田晴信の父信虎と今川氏が合戦に及び、そのさいに北条氏綱が今川方の助っ人に立ったことへの礼も含まれていると、巷間伝わっていた。

だが、最も重要な要件は別のところにあった。

そもそも今川が武田と戦ったのは、小田原北条氏のためだった。傍目《はため》には小田原北条氏が今川の助っ人をしたように見えるが、じつは助っ人したのは今川の方なのだ。河越の制圧を目指す小田原北条氏にとって、最も目障りなのは、河越の（扇谷）上杉氏を背後で支える武田氏である。

かつて大永元年に当時の今川氏親《うじちか》（氏輝の先代）が、今川軍を甲斐国に送り、甲府まで攻め込んだことがある。こう書くと今川氏親が主体のように見えるが、じつは今川軍の主力は福島衆だった。

このときの甲斐侵攻には似た例がある。いま小田原を拠点に繁栄を誇っている北条氏綱の父、早雲（伊勢新九郎《いせしんくろう》）の伊豆討ち入りだ。早雲の伊豆討ち入りは大成功をおさめ、その後の小田原北条氏発展の起点となったが、福島衆の甲斐侵攻は大失敗に終わってしまった。

その後、氏親の跡を継いで今川当主となった氏輝は、馬廻衆の充実に力を注ぐようになった。馬廻とは当主直轄の親衛軍であり、氏輝は今後の合戦の中心に直轄軍を据えようと考えたのである。

直轄軍である馬廻衆は今川家臣の庶子によって編成され、彼らの俸禄は今川直轄領の代官職に任じられることによって得られる。今川直轄領の多くは山西地方（現在の焼津、藤枝の周辺）にあったが、この山西地方の直轄領代官のほとんどは福島衆だった。

長く今川軍の主力を務めた福島衆から代官職を取り上げることは難しく、今川氏輝は別の方法を考えざるを得なかった。

氏輝が小田原へ赴いた第一の理由は、これだったのである。今川氏輝は北条氏綱に依頼したようだ。福島衆を粛清《しゆくせい》したいので助力を頼む、と。

だが北条氏綱はこのことを福島衆に内報する。承芳の兄である今川氏輝は気鋭の武将だったが、生まれながらの惣領息子だったせいか、人の心の機微《きび》を読む力に欠けていたようだ。父の代——今川氏親と北条早雲（伊勢新九郎）——の絆は、今も変わらぬと信じてしまったのだ。

小田原の内報を受けた福島衆は、「やられる前にやってしまおう」と動き出す。とはいえ直に氏輝を害しては、弑逆《しぎやく》となってしまい、その後の今川家の主導権を取ることはできない。そんな福島衆が眼を付けたのが、氏輝の双子の弟、彦五郎だった。

出家して仏門に入った承芳は、兄弟ではあっても、あまり彦五郎とは交際がない。ただ一つ、今でも承芳の記憶に残っているのは、いつも行儀が良かった彦五郎が、吐き捨てた一言だ。

「外れたな」

その一言は、今も承芳の心に残っている。

氏輝と彦五郎が双子として生まれたとき、どちらを今川家の家督とするかで、父の氏親が浅間神社で籤《くじ》を引いたという。

外れたな――は、そのときの籤のことだと思われる。先代氏親の時代から、その側近を務め、福島衆の駿府在番として氏輝・彦五郎の兄弟と間近に接してきた福島越前は、彦五郎の内心の不満を察していたのだろう。

福島越前は彦五郎に対して、氏輝が福島衆を粛清しようとしていると話し、その氏輝を斃《たお》して彦五郎が跡目に立つなら、福島衆はこれを全面的に支援する、と焚《た》きつけたのであろう。

「彦五郎殿は花倉殿（玄広恵探）の存在を軽く考えすぎておられたのかな」

大鏡坊の僧房に雪斎の声が聞こえ、承芳の脳裏に宿った彦五郎の風貌も消える。

一座に沈黙が訪れると、武田晴信が口を切った。

「だいたいわかり申した」

初めて経緯を聞いたような顔をしていたが、晴信は今川家中にもほとんど知られていない内情を、おおよそつかんでいたようだ。その晴信が、相変わらずのぼそぼそ声で一同に伝える。

「残念ながら甲斐国主たる父（武田信虎《のぶとら》）には、上杉との同盟を断つ気はないようです」

（扇谷）上杉氏との同盟をたがえる気はない、ということは、河越をめぐる武蔵国の争いで、武田氏は小田原北条氏に与《くみ》する気はないということだ。

これでは承芳たちが小田原に対して、「河越を差し上げますから、我らの味方になってください」とは言えない。そもそも今川氏とは縁もゆかりもない河越で小田原を釣るなど、他人の褌で相撲を取るようなもので、虫が良いにもほどがある。

――だが他に承芳が勝つ道はないのだ。

承芳は追い詰められていたはずだが、雪斎が泰然自若と晴信の言葉を聞いていたので、承芳もこれに倣う。

すると晴信が言った。

「小田原を騙《だま》すしかありませんな」

雪斎の眼ざしが、初めて晴信をとらえる。

「騙さねばならぬのは小田原だけではありますまい。お父上（武田信虎）をも騙さねばなり申さぬ」

釘を刺すような言い方だったが、眠たげな眼ざしのまま晴信は応じた。

「武田家の左右を案ずるには及ばず。この晴信はいまだ部屋住みとは申せ、跡取りゆえ躑躅《つつじ》が崎《さき》（甲斐国主の政庁）のことは、知り尽くしており申す。それより小田原じゃ。この件は客僧の働きしだいですぞ」

名指しされた雪斎が、晴信に丁重に一礼する。小田原に嘘を信じ込ませることができるか否かが事の成就の鍵であり、全てが雪斎の腕にかかっていた。だがそんなことなど先刻承知の雪斎が、無遠慮なほどに晴信へ釘を刺す。

「愚僧が働くには、武田方のお助けは欠かせませぬ。その点について、お伺いしたい」

すると晴信は、こう応じた。

「この晴信の内室は上杉家より輿《こし》入れしており申す。それを上杉家に送り返すべし」

縁組は同盟の証であり、晴信の提案は、武田と上杉の同盟解消を小田原に信じさせる上では、最も効果的に思えたが、一座の雰囲気は微妙にしらける。晴信の供をしてきた駒井高白斎が、さりげなく視線を外した。

ははは、と雪斎の笑い声が一座に響く。

「太郎殿、御冗談を」

雪斎の太い声音が続いた。

「御内室は昨年、身罷《みまご》られておるではありませぬか」

するとの晴信は、それがどうした、と眠たげな眼ざしを、雪斎に送る。

「小田原は知り申さぬ。すでに内室がこの世にはおらぬことを」

なるほど、とうなずいた雪斎が畳み込んだ。

「仰せはごもっともであり、ありがたきことなれど、それだけでは足りぬ、と愚僧は思案つかまつっており申す」

「ならば」と晴信は応じた。

「この晴信には姉がひとりおり申す。その姉を小田原に輿入れさせる、と申し伝えるべし」

「それは御名案。なれど、小田原と甲府との縁組となれば一大事。さような大事をいつまで武田家の総帥たるお父上に隠し通せるものでしょうや」

「客僧の申す通りじゃ。父に知られたなら」と、晴信は承芳の方を見やった。

「予の姉は還俗される承芳殿に嫁げばよい」

「この承芳に異論はござらぬ。なれど――」

承芳が鋭い視線を晴信に送った。

「太郎殿はお父上に内緒で勝手をなさったことになる。太郎殿の勝手をお父上はお許し下されるのか」

「ああ、そのことなら大丈夫にござる」

すらすらと晴信は答えた。

「このたびの件が成就して承芳殿が今川家の主となれば、少しも労することなく、父には、今川家との同盟が転がり込んでき申す。今川家の御家騒動のおかげで――失礼な言い方で恐縮にござるが――小田原に仕事をさせておいて、その成果を武田は手を汚さずに横取りできるのでございますから。どうして父が異を唱えましょうや。父とて今川家と同盟できるものならば、そうしたいのは山々です。たびたび今川に甲斐国まで攻め込んで来られたら、腰を据えて信濃国に出兵できませぬからな。小田原（北条氏）と駿府（今川氏）の絆が絶たれるなら、父も万々歳。もしこのたびのことがなければ、武田には小田原と駿府の絆を断つ術すらなかったのでござる。ただし――」

滑らかだった晴信の口調が、急に重くなった。

「事の是非はさて置いて、あの父は決してこの晴信のしたことを忘れますまい」

武田信虎は返って喜ぶかもしれない。晴信の勝手のおかげで、（扇谷）上杉氏との同盟を解消することなく、今川氏と結べるのだ。もし上杉と同盟を解消しない約束違反を非難されても、晴信が勝手に今川と結んだと、強弁することができるのだ。

おそらく信虎は晴信に対して不快な顔ひとつ見せないだろう。己れの娘（晴信の姉）が今川承芳に輿入れする件についても、二つ返事で了承するはずだ。

だからといって、信虎が晴信の意のままになると思ったなら、大きな間違いである。信虎は巷間《こうかん》に伝えられるような感情的な人物ではなく、全ての思念を腹にしまって、時期を待てる武将だった。その信虎の恐ろしさを、晴信は知り抜いている。

「ゆえになんとしてもあの父に知られてはならぬことがござる」

晴信が承芳に告げた。何を言うつもりか、と身を乗り出した承芳に、晴信は続けた。

「この晴信が此処に参ったことにござる。承芳殿と直に会ったことだけは、決してあの父に知られてはなりますまい」

「承知した」

承芳が力強くうなずいてみせると、晴信は小さく肩で息をついた。ああ、そうだ、と思い出したように、晴信は付け加えてきた。

「表に人相の悪い男が一人、おりましたな」

山本菅助のことを言っている。

「あの者、この晴信にいただけませぬか」

ちょっと驚いた承芳が答えた。

「本人に聞いてみませんと」

自ら腰を上げて、僧房の表で周囲を見張っている菅助を呼び入れる。相変わらずの面構えで晴信の前に手をついた菅助には、やはり迫力があった。その菅助に晴信が問う。「知行はどれほどを望む」と。

「百貫文は頂戴したい」

菅助が答えたところ、

「ならば二百貫文を取らせる」

間髪入れずに晴信は応じた。

五

急ぎ小田原に赴いた太原雪斎が、北条家で外交を担当する桑原弥九郎に申し入れる。もし小田原北条氏が承芳に味方するなら、武田氏は（扇谷）上杉氏との同盟を解消して、武蔵国から手を引く——と。

とうぜん桑原弥九郎は雪斎の申し出を疑ったが、甲府に問い合わせてみたところ、雪斎の申し出を裏付ける返事があった。小田原北条氏は甲斐武田氏と武蔵国をめぐって争う犬猿の仲であり、互いに家中の往来はなく、（扇谷）上杉氏から武田氏に輿入れした晴信正室の死を知らぬほど武田家中の内情に暗いため、外交窓口も限られていた。

だが北条方の桑原弥九郎が、その情報を信じたのは、返答を送ったのが武田家の正式な外交担当者であったからだろう。

その武田家の外交担当者とは駒井高白斎である。駒井高白斎は返答を送るだけでなく、自ら小田原までやって来て雪斎の提案を裏付け、桑原《くわばら》弥九郎を安心させた。

――承芳の味方をすれば、武田は武蔵国から手を引き（上杉氏との同盟を解消し）、代わりに武田信虎の娘を小田原に輿入れさせる。

これが小田原北条氏に出した雪斎の条件だ。雪斎は桑原弥九郎を信用させてから、次に小田原の主たる北条氏綱に会った。のちに北条氏綱は、歯噛みして悔しがっただろう。なぜ雪斎の言葉を信じてしまったのか、と。雪斎の出した条件を見れば、今川と武田の間に密約があることを疑ってしかるべきではないか。

だが雪斎は其方に注意が行かないように、うまく桑原弥九郎を丸め込み、それから北条氏綱に面会した。もしいきなり会っていたなら、とうぜんその疑問が浮かんだはずだが、側近の桑原の口を通して条件を聞かされていたため、桑原の言葉をなぞるような雪斎の申し出を信じてしまったのだ。

そのころ福島衆は、後ろ盾と信じる小田原北条氏が敵に回ったことなど夢にも知らず、新しい今川家の当主を迎える準備に余念がなかった。

新しい今川家の当主とは、福島衆の惣領、福島左衛門の娘を母に持つ玄広恵探である。小田原北条氏の一門扱いである福島衆が、福島左衛門を外祖父とする玄広恵探を今川家当主の座に就ければ、もはや今川領では怖いものなしである。

現に今川領である駿河国においても遠江国においても、福島衆に反対する動きは全く見られない。玄広恵探の唯一の敵となった梅岳承芳の行方は、依然つかめなかったが、そのことを気に病む福島衆はいなかった。

善徳寺の御曹司（梅岳承芳）にいったい何ができようか――玄広恵探を担ぐ兵革に成功したと信じていた福島衆は、そう楽観していたのだ。

福島衆は今川家の傭兵集団だった。「傭兵」と言うと印象が悪いかもしれないが、そもそも小田原北条氏の初代、北条早雲（伊勢新九郎）は、今川家の傭兵隊長だったと言えよう。福島衆はその北条早雲が小田原で独立したのち、早雲の跡を継ぐ形で今川家の傭兵となったのだ。傭兵と言って悪ければ、今川軍の主力を担った、と言い換えてもいい。

かつて（大永元年）、福島衆が北条早雲の伊豆討ち入りを真似て甲斐国に攻め入ったさい、福島衆が早雲の伊豆討ち入りとは反対の結果（大敗北）しか出せなかったことは、早雲の伊豆討ち入りを助けた今川氏親の跡を継いだ氏輝の考え方に大きな影響を与えたようだ。

馬廻衆の創設である。氏親の跡を継いだ氏輝は、馬廻衆を創設して直轄軍の強化を図ろうとした。しかし山西地方の今川直轄領の代官職の多くを占め、遠江《とおとうみ》国にも強い影響力を持つ福島衆の排除は容易ではない。とくに大井川の河原に集住する島田鍛冶は武器生産で知られ、此処を福島衆に抑えられていることは大きな脅威となった。

だから駿遠両国の今川家臣たちは、息をひそめて福島衆の動向をうかがっている。次の今川当主に玄広恵探を押す福島衆に異を唱える者は一人もいないように見えたが、村山寺の大鏡坊に潜んだ梅岳承芳の後見、太原雪斎の精力的な動きに少しの迷いもなかった。

小田原の調略に成功した雪斎は、急ぎ村山寺に戻ると、次に京都への工作を行う。承芳を次の今川家の当主と認める御教書《みぎょうしょ》を幕府将軍足利義晴《あしかがよしはる》から引き出しただけでなく、承芳が還俗するにあたって、その偏諱《へんき》を賜り「義元」の名乗りを得ることに成功したのだ。

村山寺の本寺は京都の聖護院だったが、聖護院の門跡が村山を自ら訪問するほど、両者の関係は深い。当時の聖護院門跡の道増は、近衛尚通《このえなおみち》の子であり、尚通は娘を幕府十二代将軍足利義晴に嫁がせていた。建仁寺に十八年もいた雪斎は、村山寺の大鏡坊から、その縁を操れるほどに京都の内情に精通していた。

確かに京都の室町幕府は、すでに無力であり、将軍のお墨付きなど何の役にも立たぬように思えるが、これが小田原北条氏に福島衆を棄《す》てる大義名分を与えるのだ。一連の京都の動きは駿府の福島衆もつかんだようだが、福島衆はこれを小田原に知らせなかった。自分たちに不利な情報として福島衆は伏せたのだろうが、このことが小田原北条氏に福島衆を討伐する名目を与えることになる。

——承芳（義元）が幕府から正式な後継者に任じられているにもかかわらず、福島衆はこれを小田原に知らせなかった。これは小田原に対する裏切り以外の何物でもない。裏切りの代償として福島衆は討伐されてしかるべきだ——という大義名分だ。屁理屈、もしくは言いがかりといって差し支えないが、この「大義名分」こそが小田原北条氏が福島氏を棄てる口実になる。小田原北条氏は福島衆から承芳に乗り換えるのは、決して自分の利益のためではない、と見せかけるには大義名分が必要だった。

だがいかに水面下で工作を進めようとも、今川領の国人衆が誰一人として承芳派として挙兵しないでは、小田原とて動きようがない。

京都の動きを知ってなお、駿府の福島衆が高を括っていられたのも、そのせいである。駿府では大きな注目を集めていた寿桂尼《じゅけいに》（故氏親の正室）が、福島衆と玄広恵探への支持を表明し、今川家中の輿論《よろん》も一気に恵探支持へと傾く。

それでも雪斎に焦りは見られない。雪斎が奉じる承芳も、彼に倣って大鏡坊の僧房に腰を落ち着けていた。承芳は実母である寿桂尼に対しても、この隠れ家を教えていない。

寿桂尼が血のつながりもない恵探支持を表明したのは、どこへ隠れ潜んだかもわからぬ我が子（承芳）の身を案じてのことかもしれない。恵探支持を表明すれば、承芳の無事が保証される、と判断したのかもしれないが、承芳は伸びかけた髪を撫でて、つぶやかざるを得なかった。

「母上、今川は兵《つわもの》の家にござる」

それは京都の公家である中御門宣胤《なかみかどのぶたね》の娘だった寿桂尼への皮肉なのかもしれない。

寿桂尼はただの尼ではないのだ。今川氏親の正室であったというばかりでなく、その死後、まだ十四歳だった息子の氏輝に代わって、二年間にわたり国主の代行を務めている。武家社会では北条政子以来、当主代行を務めた「尼御台」の権限は強く、寿桂尼の恵探支持は、今川家中に大きな影響を与えた。

これに力を得た福島衆の駿府在番、福島越前が、今川家宝の引き渡しを寿桂尼に要求したところ、一人の今川家臣が、密かに村山寺の大鏡坊を訪ねていた。

岡部左京進親綱という岡部衆の惣領だ。十年前の今川氏親の葬儀のおり、岡部親綱は福島越前とともに氏親の棺を担いだが、すでに両者の差は、山西地方にある岡部衆の本貫地が、福島衆の支配地に囲まれてしまうまでに広がっている。

岡部衆と福島衆とは互いに相容れぬ存在であり、このまま福島衆が玄広恵探を担いで今川家の中心となったあかつきには、岡部衆の居場所はどこにもなくなってしまう。にもかかわらず岡部衆が、表立って福島衆に反対することはなかった。息をひそめて福島衆の動向をうかがうばかりだったが、そんなおり、福島衆の後ろ盾だとばかり思っていた小田原北条氏の転向を、雪斎から知らされたのである。岡部親綱が躍り上がって喜んだのは言うまでもない。

喜び勇んで村山寺の承芳のもとに馳せ参じた岡部親綱は、岡部衆が福島衆討伐の先頭に立つことを申し出る。

これで雪斎の計略は全て整ったが、此処までは机上の計算だ。

「この先は御曹司の大将としての御器量にござる」

雪斎に言い渡されて、承芳は武者震いする。これまで出家を隠れ蓑に武将としての心得を雪斎から学んできたが、いよいよその成果が試されるのである。

「此処で外すくらいなら、それまでよ」

そう承芳はうそぶいた。

五月二十四日の夜、寿桂尼が伝家の宝刀である龍丸ならびに、今川家の当主に伝えられる文書——最も重要な文書は、普広院《ふこういん》（六代将軍足利義教《よしのり》）から賜った天下一苗字（今川当主以外には今川の苗字は許さない）の文書——を持参して、駿府館の福島越前の屋敷を訪ねた。

この日をもって玄広恵探が、新しい今川家当主となる。主だった福島衆は、承芳が幕府から「義元」の名を賜ったことを知っていたが、それを気に病む者はいなかった。いまの幕府には、今川家の地元である駿府の決定を覆す力はない。新たに玄広恵探を今川家当主として申請すれば、幕府はそれを認めるほかないのだ。

寿桂尼を迎える福島越前の屋敷は、すでに祝賀一色だった。福島越前以下、礼服の福島衆が勢ぞろいして待ち受けたのは、玄広恵探である。

承芳同様に仏門に入っていた恵探は、頭髪の伸び方も、やはり承芳と同じくらいだったが、福島越前の屋敷に到着した恵探は、控えめなほどに落ち着き払っており、身には鎧をまとっていた。

「御曹司、なんと物々しい」

礼服姿の福島越前が、冷やかすように恵探を迎える。

「越前、今川は兵《つわもの》の家であろう」

そう恵探が応じたところ、

「ごもっとも、ごもっともにござる」

越前は笑いながら畏まった。その恵探をなだめすかすように続ける。

「なれど大方様（寿桂尼）の御着きも間もなくかと存ずる。御曹司のそのお姿では、先例の儀にも反しますゆえ」

なだめすかしながら福島越前が恵探を大紋長袴に着替えさせたころ、今川家の家宝を持参した寿桂尼が到着した。

煌々たる灯火がまばゆい広間で、恵探と寿桂尼が向き合う。寿桂尼は上座を固辞して、恵探の下座にすわった。

「花倉殿（玄広恵探）、どうぞお納めください」

寿桂尼の言葉を受けて、両者の中間に控えていた福島越前が進み出てきて、寿桂尼に一礼し、家宝を受け取る。それらの家宝が恵探の手に渡ろうとしたとき、福島衆の福島彦次郎が駆け込んできた。

「善徳寺の御曹司（梅岳承芳）が、お姿を現しました」

ちらと寿桂尼を見やった越前が、彦次郎を招き寄せ小声で「場所はいずれぞ」と尋ねる。どうやら越前は、承芳の潜伏場所を突き止めたと勘違いしたらしい。

だが彦次郎は越前に大きくかぶりを振って答えた。

「賎機山の砦にございます。善徳寺の御曹司は賎機山に討ち入り、これを占拠して挙兵あそばされました」

福島越前は驚いた顔になったが、いまだゆとりを失っていない。

「飛んで火にいる夏の虫――だな」

そう梅岳承芳の挙兵を揶揄《やゆ》した。また寿桂尼を盗み見る。承芳との内応を疑ったのだが、寿桂尼もいま初めて承芳の挙兵を聞いたのは明らかだった。

「とりあえず」

越前が漏らす。このまま承芳の挙兵を捨て置くわけにはいかない。広間に居並ぶ福島衆を中心とした今川家中に、越前がいくさの支度を命じる。蒼ざめた寿桂尼が、越前に取りすがった。

「越前、承芳の一命だけは」

哀願してくる寿桂尼を、愛想笑いして越前はいなす。

「大方様、まずは、まずは」

急ぎ礼服を脱ぎ捨て甲冑《かっちゅう》姿で出陣した福島越前に、むろん承芳を助命するつもりはない。承芳一味が挙兵した賎機山砦は、駿府館の詰めの城であり、距離が近いうえに、賎機山からは駿府が見下ろしになる。

「おそらく、賎機山砦を占拠すれば何とかなる、とあの御曹司は考えたのだろうが」

福島衆を主力とした今川軍を勢揃いさせて賎機山に向かった福島越前は、承芳一味の挙兵を「窮鼠《きゅうそ》猫を嚙む」と判断したのだろう。

賎機山の砦には、福島衆の息のかかった者たちが在番していたものの、人数はごく少ない。だから承芳一味であっても、これを追い払って占拠できたのだ。

そもそも賎機山砦の重要性は、今川氏の支配が安定して駿府が直に敵の脅威にさらされることがなくなってから、ずいぶん小さくなっている。

あわれだな、善徳寺の御曹司――越前は鼻で嗤《わら》った。いま賎機山に籠れば、福島衆が抑える駿河国の外城に包囲される結果となる。

これで善徳寺の御曹司の行方を探索する手間が省けた、と賎機山に向かった福島越前の率いる今川勢が、まったく警戒していなかった要衝《ようしょう》がある。

薩埵《さった》峠だ。もし東の方角から攻撃してきた敵がいた場合、この峠が駿府の生命線となる。もしこの峠を越えられてしまえば、あっという間に駿府は敵の乱入を許すことになってしまう。

だが賎機山に向かった福島衆は、薩埵峠を振り返ろうとすらしなかった。がら空きの背中を薩埵峠に見せたまま賎機山に攻めかかる。もし薩埵峠から攻めかかってくる敵があれば、福島衆は正面の賎機山と背後の薩埵峠に挟み撃ちされてしまうのだが、福島越前の脳裏にも他の福島衆の考慮にも、そんな危惧は一分もなかった。

もしも東から攻めてくる敵がいれば——その仮定がそもそも間違っている、と福島衆は考えたに違いない。

駿府の東の方角——そこにいるのは小田原北条氏だけた。薩埵峠を押さえられるのは、小田原北条氏だけだった。

賎機山に陣取った梅岳承芳は、真っ暗な駿府館の方角で、鬨《とき》の声が上がるのを聞いた。たちまち無数の松明が夜空を焦がして、この賎機山に迫ってくる。背筋が寒くなる光景だったが、その威圧に耐えるように承芳は唇を噛んだ。

——此処が正念場だ。

夜が明けて北条の援軍が到着するまで、此処を持ちこたえなければならない。

甲冑に身を固めた承芳が、ふと真下を見下ろす。そこは旧北川殿であり、駿府における承芳の邸宅だった。氏輝彦五郎兄弟の横死を知って脱出して以来だったが、二か月ぶりに見る旧北川殿は真っ暗な闇に沈んで何も見えず、ふと承芳は亡父氏親を思い出した。

旧北川殿を駿府の邸宅とするよう計らったのは亡父氏親だった。だが八歳で父と死に別れたうえに、出家していた承芳には、ほとんど父の記憶がない。

いまも憶えているのは、コンコンと咳《せき》を繰り返す姿だけだった。氏親は死ぬ十年ほど前から風邪のような症状が続き、微熱が取れず絶えず咳き込んでいた。

——どうも酒が飲めぬようになった。

しきりに亡父は、そうぼやいていた気がする。いまも承芳の耳に残っている言葉は、それだけだ。

その父の言葉を聞くたびに、幼かった承芳の心は重くなったが、真っ暗な眼下に沈んだ旧北川殿を見やる承芳の耳に不吉な破砕槌《はさいづち》の音が割り込んできて、現実に引き戻される。

ドン、ドン、ドンと、賎機山を揺るがす勢いで、破砕槌が砦の城門にめり込む響きが、承芳を脅かす。

——とうとう来やがった。

あの破砕槌の禍々《まがまが》しい響きは、夢でも幻でもない。承芳の命を取りに来た敵が、城門を破ろうとしているのだ。

承芳はどこの寺にいても、このような場合に備えて、繰り返し予行演習をしてきた。だがそんな準備など、いま現実に響いている不吉な破砕音に、あっという間に吹き飛ばされて跡形もない。

承芳が床几《しょうぎ》から腰を上げた。この先は待っているのは、ぶっつけ本番の合戦だ。事前の思案も心構えも無駄なこと——と、承芳は敵勢の押し寄せてきた砦の総門へと馳せ向かう。気付くと、太原雪斎が背後にいたが、いまの雪斎は他人のように黙りこくって承芳を見やっている。

「任せておけ、禅師」

承芳の売り言葉にも、雪斎はほとんど反応しない。

「この承芳が今川のあるじにふさわしいかどうか、その眼でとくと見物するがよい」

承芳は言い捨て、砦のこちら側からミシミシと撓み軋む城門をこわごわ眺めている承芳兵たちの先頭に押し進み檄を飛ばした。

「予が先陣を切る。者ども、付いてまいれ」

「おう！」

その一言に勇気づけられて、承芳方は息を吹き返す。

ドンドンと揺さぶられる城門の木片が弾け飛んで、大きな穴が開き、そこからギラギラ光る敵の槍穂が次々と繰り出されてきても、みなその場に踏みとどまっていた。

「こなくそ！」

おめいた承芳が、繰り出されてきた槍穂の群れが地べたを突くや、躍りかかってその槍柄を真ん中から踏み折る。

「おう！」

これを見た者たちは承芳に負けじと繰り出されてきた敵の槍を踏み折り、己れの槍で弾き返しした。

城門の向こうにひしめく敵兵が、門扉に開けられた穴から遠ざかる。歓声を上げかけた味方に、聞いたこともない破壊音が轟《とどろ》いた。目の前の城門がグラグラと揺れ、頑丈に下ろしてあったはずの閂《かんぬき》が真っ二つになって折れ飛ぶ。

どうやら敵は、特別あつらえの破砕槌を用意していたらしい。人力では数人がかりでもびくとも動かぬ巨大な破砕槌で、車輪の回る力が恐るべき破壊力を発揮する代物だ。

——あんなもの、どうやって此処まで運んだのだ。

承芳は焦ったが、その謎を顧みる暇もなく、真っ二つの折れてしまった門の代わりに、城門をむずと押さえる。

敵兵に押し倒されそうだった城門が、ぴたりと静まる。いや、静まってはいないのかもしれないが、たった一人で城門を支える承芳の姿が、その錯覚を与えた。

「御曹司、我らも」

承芳方の兵たちが、承芳に倣ってミシミシいっている城門に取りつく。

賎機山砦の虎口は構造も単純であり、承芳方は善徳寺の衆徒と岡部親綱の嫡男、五郎兵衛の兵だけだったが、押しつ押されつ総門で踏ん張り、圧倒的多数の敵勢の突破を、なかなか許さなかった。

しかし多勢に無勢である。とうとう承芳方は総門を支え切れなくなり、堰き止められていた満水がほとばしる勢いで、敵勢から槍穂の群れがなだれ込んできた。

それでも承芳方は、容易には引かない。圧倒的多数の槍衾《やりぶすま》と叩き合い敵の勢いを食い止めながら、総門のある本丸から退き、二の丸へと移る。

賎機山砦の曲輪《くるわ》は二か所である。承芳方は最後の曲輪へと追い込まれたのだが、夜が白々と明けてきたことに気づいたのは、承芳の背後に控える雪斎だけだったかもしれない。

「御曹司、お味方の勝ちにござる」

雪斎の声と同時に、夜が明けた駿府の空に鬨が轟き渡った。

初め、賤機山を攻める福島勢は、丸子や用宗など味方が抑える駿河国の外城から援軍が到着したと、錯覚したようだ。

夜が明け放たれた駿府を、賤機山の本丸から望めば、はためく軍旗は遠すぎて蝶が舞うようにしか見えなかったが、福島勢の誰かがつぶやいた。

「薩埵峠の方角だ」

やがて軍旗の正体が明らかとなる。三つ鱗《うろこ》――小田原北条氏だ。駿府に入った三つ鱗の軍旗が、続々と賤機山に迫ってきた。

この期に及んでも福島越前は、小田原北条氏の転向に気づかない。

「小田原よりの援軍が参ったぞ」

にこやかに呼ばわった越前と福島勢の背後から、小田原北条氏の軍勢が挨拶もなしに襲いかかる。最後の曲輪まで追い詰められていたはずの承芳勢も、踵《きびす》を返すように正面から同時に攻めかかった。背後から思わぬ攻撃を受けた挙句、前面の承芳勢からも反撃された福島勢は、挟撃される最悪の窮地に陥った。

にもかかわらず福島越前は、声を嗄《か》らして小田原勢に呼ばわる。

「勘違いするな、我らは味方ぞ。福島の一門じゃ」

小田原勢に聞かせようと高所に身を晒《さら》した瞬間、越前へ小田原勢の矢衾が浴びせられた。矢で串刺しにされた越前が、血泡を噴きながら最期につぶやく。

「ど、どうなっているんだ」

どうなっているんだ――ではあるまい。

小田原北条氏は味方だと思い込んでいた越前は、駿府で合戦が起きたと聞いた北条氏綱が、わざわざ小田原から援軍を差し向けてくれたと勘違いしたのかもしれないが、合戦が起きたのは前夜だ。火急に報告を受け火急に出陣したとしても、小田原を出た軍勢が、夜明けに駿府に到着できるなどありえない。間に合うはずがないのだ。呼んでもいないのに姿を現した小田原勢は、前夜のうちに三島あたりに集結していたに違いないのだ。

槍先に竿頭《かんどう》された福島越前の首を見て、真っ先に福島勢から離脱したのは、その尻について出陣してきた今川家臣たちだった。ついさっきまで槍を向けていた承芳勢に向かって、「善徳寺の御曹司、お味方つかまつり申す」と、口々に叫びながら投降してくる。

それらの今川家臣たちは、少なくとも福島越前よりは先に、小田原北条氏が承芳の味方に転じたと気づいたのだ。

二の丸に承芳勢を追い詰め、とどめを刺さんばかりに見えた福島勢が、あっという間に立場を逆転させて、とどめを刺されようとしている。勝ち馬に乗ろうと福島衆にくっついてきた今川家臣たちが備えを切り裂くように脱出したため、福島勢は四分五裂してしまい残った福島衆も、バラバラに賎機山の周囲に漂っていた。

二の丸の承芳勢は色めき立つ。

――取れるぞ、花倉（恵探）の首。

我先に押し出そうとしたとき、不意にその行く手が遮られた。

小田原北条氏の軍使である。小田原勢の軍使は、あくまで丁重に、しかし有無を言わさぬ態度で、承芳勢の前に立ちはだかってきたのだ。

承芳勢は沈黙して、小田原の軍使のために、道を開ける。押し通って承芳の前に進み出た軍使は、土産物をひとつ持参していた。

福島越前の首級である。その首級を承芳に差し出して祝辞を述べた。

「めでたく存ずる。善徳寺の御曹司の勝ちにござる」

この福島越前の首で矛《ほこ》をおさめよ、と要求しているのだ。

「あるじ氏綱の顔に免じて――」

小田原の軍使は居丈高《いたけだか》に承芳に発した。

「花倉殿の御命、あるじ氏綱にお預け願わしゅう」

「承知した」

拍子抜けするほど呆気なく、承芳は応じた。承芳方の一座からざわめきが涌いたが、承芳は顔色ひとつ変えない。

「当家の我儘をご承知くださり、恐悦に存ずる」

そう答えた小田原の軍使が立ち去ると、あとに福島越前の首が残された。両眼を閉じ、どことなく間が抜けて見える越前の首を眺めて、承芳はつぶやいた。

「まさか自分の方が首になるとは思わなかったのだろうな」

そのときなぜ承芳がそうつぶやいたのかは、本人にも分からなかっただろうが、越前の首から視線を外したとき、すでに承芳の表情から感傷の色は消え失せていた。

「籠鼻《かごばな》の警固はどうなっている」

承芳が尋ねる。籠鼻の警固について問うた承芳の真意を、見抜けた者はいなかった。承芳の働きを見守っていた雪斎をのぞいては。

「お味方の軍勢が、しっかと固めております」

その返答を期待していたのかと思いきや、意外な命令を承芳は下してきた。

「籠鼻の警固を引き揚げよ。一兵残らずじゃ」

居並ぶ面々が仰天して承芳を仰いだ。

籠鼻を塞げば、敵の背後を断てる。籠鼻から警固兵を撤退させるということは、敗走する恵探と福島衆に逃げ場を与えるということなのだ。

いま小田原方から玄広恵探の助命を強要されたばかりだが、せめて恵探を捕えるのは承芳方の手で行わなければ、小田原からいかなる難癖をつけられるか——と案じた一座の面々が、承芳の真意を問おうとしたとき、凄まじい一喝が響き渡った。

「何をぐずぐずしておる」

見れば形相の変わった雪斎が、一座を睨《にら》み渡していた。

「疾《と》く、籠鼻の警固を解除せよ。御曹司の御命令ぞ」

籠鼻の封鎖が解ければ、水が低きに流れるように、恵探と福島衆はそこから駿府の外へと逃れ出る。本拠の花倉に逃げ戻ろうとしていた恵探と福島衆は、籠鼻の封鎖を解いたのが承芳の計略だとは気づかない。自分たちの意志で花倉を目指している恵探と福島衆は、まさか自分たちが承芳に誘導されているとは、夢にも思わなかった。

恵探と福島衆が花倉城に落ちのびようと山中に分け入ったと知らされ、承芳は山本菅助からもらった太刀の目釘を検《あらた》める。その傍らに寄り添ったのは、それまで承芳のいくさぶりを淡々と眺めていた雪斎だった。

「御曹司、お見事にござった。なれど、まだ仕上げが残っており申す」

「仕上げとは、花倉殿の命を絶つことか」

承芳が問うと、雪斎に微笑が宿る。

「さよう」

うなずいた雪斎が、承芳と同じように太刀の目釘を検めながら応じた。

「花倉殿を花倉城に入れてはなりませぬ。そこから小田原に助けを求めれば面倒なことになり申す。その前に誰にも見られず誰にも聞かれぬ場所で、花倉殿の御命をいただかなくてはなりませぬ」

「誰にも見られず誰にも聞かれぬ場所——となれば、此処から花倉までの山中以外にないな」

「さよう」

うなずいた雪斎が、承芳に言い渡した。

「御曹司と愚僧の二人のみにて成し遂げねばなりませぬ」

「承知した」

承芳と雪斎は、いまだ混乱のおさまらぬ賎機山を密かに発つ。

出立の前に、思わぬ出来事があった。善徳寺の衆徒の一人が、駿府館の内にある福島越前の屋敷から、その大広間に置きっぱなしになっていた今川家の家宝を取り返して、承芳に届けたのだ。十八の承芳よりも年下に見える若い衆徒だったが、その機転に感心した承芳が、「その方、予が無事に帰ったなら、予とともに還俗せよ」と伝える。その若い衆徒は、承芳と雪斎の供を望んだが、承芳は笑ってこれを退けた。

「これにかかわるべきは今川の者のみぞ」

そのころ、岡部親綱に率いられた岡部水軍が、福島衆の地盤である焼津に向かっていた。焼津港から上陸して、福島衆が抑える山西地方の鎮圧しようというのだ。小田原北条氏が承芳方に転じたことは、すでに駿河国にあまねく伝わっている。端から承芳方だった岡部衆の勝利は眼に見えていたが、承芳と雪斎の狙いは、あくまで花倉(玄広恵探)の首だ。もし花倉を生かしておけば、小田原北条氏は必ず今川氏に介入してくるだろう。

駿府を半ば占領した形の小田原北条氏は、焼津の動向をも監視している。その焼津から北に行った山岳地帯に玄広恵探の本拠である花倉城はあった。

承芳と雪斎は、籠鼻から駿府を脱出して花倉城に逃げ帰ろうとする花倉(玄広恵探)に追いつき、誰にも見られず誰にも聞かれぬ山中で、花倉の命を奪わねばならなかった。

賎機山砦を発った承芳と雪斎は二人きりで、花倉の供廻りの数も知らない。もし花倉に大勢の供がいれば、花倉の命を奪うどころか、逆に返り討ちにされてしまうが、それでも二人は花倉殺しを決行しなければならない。

承芳は花倉の面影《おもかげ》と向き合いながら、雪斎とともに山中に分け入った。

承芳にとって、花倉は異母兄だ。決して仲が悪いわけではない。むしろ同母兄の氏輝や彦五郎よりも仲が良かったくらいだったが、もはや二人がともに生きる余地はこの世にはない。ともに今川の家督を継ぐ意志を表明した以上、どちらかが死なぬかぎり、今川の家督争いは決着しなかった。家督の席は二つないのだ。

承芳と雪斎の追跡は、オオカミのそれに似ている。花倉城に戻ろうとしている花倉の跡を、嗅《か》ぎ分けるように深い山中をたどっていった。

だから根気がいる。やみくもに襲いかかればいいというものではなく、花倉の隙をうかがわねばならなかった。

やがて山中の承芳と雪斎に夜が訪れる。野宿の場に焚火《たきび》をおこした雪斎が、承芳に告げた。

「どうやら花倉殿には三人の福島衆が従っておるようにござる」

「ならば、我ら二人で花倉を含めて四人の敵を斬らねばならぬな」

そう答えた承芳は、昨日よりも髭面《ひげづら》になっていた。そのことを指摘すると、承芳が言い返してきた。

「禅師も同じじゃ」

ハハハ、と笑った雪斎が持参したイノシシ肉の大きな塊《かたまり》にかぶりつく。

「禅師、出家の戒律《かいりつ》はどうした」

からかうように承芳が発すると、雪斎はまじめくさった顔で応じる。

「これから殺生の戒律をも破ろうとしている破戒坊主になにをおっしゃるか」

「ならば、予も食らうとするか」

承芳もその肉の塊に手を伸ばしたとき、

「見ぃつけた」と、錆びた声が割り込んできた。承芳も雪斎も顔色を変えなかったのは、割り込んできた声に聞き覚えがあったからだ。やがて声の主が焚火の火影に姿を現す。

「菅助」

雪斎に名を呼ばれた山本菅助が、二人の焚火に加わってきた。武田家に仕官することになった菅助だが、晴信が家督を継ぐまでの間、雪斎の客分として駿河国に留まっていたのだ。

「この山本菅助ならば、花倉殿殺しの秘密が、小田原に漏れる恐れはありませぬぞ」

菅助が齧《かじ》りかけのイノシシ肉をつかみながら、承芳と雪斎の太刀を満足げに見やる。二人ながら、その太刀は菅助の目利きによる業物《わざもの》だ。

「御曹司」

イノシシ肉にかぶりつきながら、菅助が承芳の太刀を眼で示す。

「それなる太刀で花倉殿を成敗されたなら、今川の総大将にふさわしい御佩刀《みはかし》に替えられませ」

承芳は答える代わりに、菅助に齧りかけのイノシシ肉を寄越《よこ》せ、と合図する。髭面になった承芳がイノシシ肉をむさぼりながら言った。

「これで味方は三人だ」

翌日、まだ日がのぼる前に、三人は出立した。山中の光景はどこも同じに見え、昨日までは、なんでもできる雪斎が追跡の先導役を務めていたが、このようなことをさせれば、山本菅助の右に出る者はいない。この辺りの山中を知り抜いている菅助は、右も左も鬱蒼《うつそう》たる山林の中を縦横に駆け抜けて、とうとう先行する花倉たちの背後に、ぴたりと付けた。

そこは深い山中の只中だった。承芳の髭面が引き締まる。太刀の柄《え》を握ったが、萱助はかぶりを振った。

「油断がござらぬ」

藪《やぶ》の中に承芳たちを押し込んで、萱助がささやく。花倉たちの油断を待った方がいい、と言うのだ。

「それはいつか」

そう尋ねた承芳に、萱助は答える。

「花倉城が間近に見えたときにござる」

「そこは誰にも見られず誰にも聞かれぬ場所ではないな」

敢えて承芳が異を唱える。すると萱助が断言した。

「いや、誰にも見られず誰にも聞かれぬ場所にござる」

その言いぐさは思わせぶりにも聞こえた。花倉城は生活の営みの絶えた深い山中に聳《そび》えていたが、そこには大勢の福島衆が立て籠《こも》っているはずだ。萱助はそれらの福島衆を「無きもの」と言い放ったのだ。

「岡部衆の焼津上陸は六月十日であったな」

承芳の言葉に、萱助はすぐに反応した。

「さすが御曹司、勘《かん》がよろしい」

だが承芳はにこりともしない。その承芳を頼もしげに見やって、雪斎が菅助に告げた。

「この先の道案内も頼んだぞ」

「なんの」

菅助はかぶりを振る。

「主役は御曹司にござる」

「わかっていればよい」

その言葉は、承芳に向けられていた。花倉の姿が藪の向こうに見えても、寸刻《すんこく》が耐え難いときは、まだ終わらなかった。

花倉たちに気配を悟られてはならず、骨の折れる追跡行は続いたが、少しも弛《ゆる》むことなく、また緊張の糸を切らせることもなく、承芳は黙々と追跡を続けた。

その日も暮れ、三人は先を行く花倉たちに見られぬように小さな焚火をおこし、イノシシ肉を齧《かじ》る。大きな塊だったイノシシ肉もあちこち齧り取られ、汚い肉片のようになっていたが、承芳は文句も言わずにその食べ残しの肉片にかぶりついた。

「御曹司」

雪斎と菅助が同時に声をかける。いよいよ髭面になってきた承芳が笑う。

「まずいぞ、このイノシシ肉」

ハハハ、と雪斎が笑いかけ、菅助に咎《とが》められる。

「花倉殿たちに聞かれますぞ。此処は誰もおらぬはずの山の中でございますゆえな」

翌日、重畳《ちようじよう》たる山々の向こうに、とうとう花倉城が見えてきた。

いま花倉城に籠っているのは、花倉（玄広恵探）の外祖父である福島左衛門と、その配下の福島衆だった。

城を目にした花倉たちから歓声が起こったのが、繁みに潜んで見張る承芳たちにも、はっきりと聞こえた。

「花倉城から迎えが来るのではないか」

危惧した承芳が発したところ、

「それを待っておるのです」

そう山本菅助が答えた。

「それこそ花倉殿たちが最も油断するとき――か」

自問自答するような雪斎は、菅助を見やったが、みずからに言い聞かせるように続けた。

「もし花倉殿を討ち損なうようなら、御曹司の御運もそれまでだ」

「承知。なれど、御曹司の御運を妨げる者どもについては、この菅助にお任せあれ」

「頼もしいな」

菅助の肩を叩いた雪斎が、承芳の様子をうかがう。まだ十八だ。その緊張ぶりは手に取るようにうかがえたが、雪斎は敢えて声をかけなかった。

「参りましたな」

承芳の耳に、菅助の声が聞こえた。潜んだ灌木越しに見えたのは、花倉城からの迎えの者たちだ。合わせて五人か六人か。此処からでは、はっきりとはつかめない。互いに手を取り合って無事を祝しているようだった。

いよいよだ——承芳が太刀を抜く。武者震いしていたが、それでも太刀に腕抜きを通すことを忘れなかった。

「覚悟、花倉殿」

承芳の声が放たれた。灌木の繁みから飛び出し、まっしぐらに花倉めがけて斬りかかる。驚いた花倉方に躍り込み、太刀を抜く間も与えず、一人めを斬り倒す。

「御曹司、敵襲じゃ」

この声は花倉に向けられたものだった。承芳が躍り込むと同時に、雪斎も菅助も斬りかかる。花倉方はまさか敵が三人だけとは思わなかったようだ。

「御曹司、御城まで駆けなされ」

花倉方の誰かが叫んだ。花倉はその声に背中を押されるように駆け出す。

「御曹司」

今度は雪斎が駆け走る花倉を指さしながら叫んだ。

「あれに花倉殿が」

承芳も雪斎の声に鞭打たれるように駆け出した。ただ一人、駆け走る花倉を、ただ一人、承芳が追いすがる。

頭に血がのぼった承芳は気づかなかったが、その場の花倉方は雪斎と菅助の手で、あっという間に片づけられていた。ほとんどの花倉方が、太刀を抜く間もなかったのだから、敵の人数が増えようとも大根切り同然だった。

その場の仕事を片付けた雪斎と菅助が、息つく間もなく、だいぶ遠ざかってしまった承芳と花倉の跡を追う。

二人の姿は、もはや豆粒《まめつぶ》ほどだったが、それでも承芳が花倉に追いすがっているのは分かる。

その様子は花倉城内からでも、うかがえた。

「御曹司をお迎え申せ」

城内から花倉の外祖父である福島左衛門が叫んだときだ。城の南の方角から、山々にこだまする勢いで喊声《かんせい》が聞こえてきた。

「何奴だ」

初め福島左衛門は、南の方角から攻め寄せてきた敵の正体が分からなかった。

平野が広がる南の方角は眺望が利き、はためく軍旗から、敵の正体が岡部親綱に率いられた岡部衆と分かった。

「もう、方上城《かたのかみ》は落ちてしまったのか」

焼津で承芳方の上陸を防ぐはずの、方上城の陥落は明らかだった。敗報を知らせる方上城兵よりも岡部衆の方が早いということは、よほど敵勢が圧倒的だったのだろう。

焼津から上陸した岡部衆は、早くも花倉城の足元に迫ってきた。南の方角から花倉城に侵入しようとして、城兵との鍔迫り合いが始まった。

山々が揺さぶられるほどの敵の勢いだ。物見櫓の福島左衛門が眉《まゆ》をしかめる。敵は岡部衆だけではなかったのだ。駿河国はもちろん遠江国からも、勝ち馬に乗ろうとする国人衆が雲集《うんしゅう》してきていた。

「城の外に出られませぬ」

花倉の迎えを命じた福島衆の十郎が、左衛門に注進する。臆病者めが、と叱りつけるわけにはいかないことは、左衛門も承知だった。

左衛門は小田原北条氏への呪詛《じゅそ》を吐きながら、城に逃げ込もうとする花倉の姿を、櫓から身を乗り出して見やった。

「御曹司」

声をかぎりに叫ぶ。聞こえたようだ。駆け走る花倉が、こちらに眼を向けた。

「御曹司、左衛門にござる。敵の攻撃が急で、とても南の城門は開けられませぬ。北の方角へ、山の陰にお回りくだされ」

大声で発した左衛門が、花倉の背後に迫る承芳に気づく。

「御曹司、あぶない」

左衛門が絶叫し、北に回るため少し後戻りした花倉に、太刀を振りかざした承芳が襲いかかった。

現場では、額をかすめた太刀をかろうじてかわした花倉が、虚《うつ》ろに笑って承芳を見返す。

「善徳寺、わたしがそれほど憎いか」

承芳は首を横に振って答えた。

「これが兵《つわもの》の家に生まれた者の習い」

　また、花倉が虚ろに笑った。

「善徳寺の勝負、受けられぬな」

　花倉が承芳をすかして、北の方角に駆けだす。その様を花倉城内から見ていた福島左衛門が、花倉に呼応するように駆けながら呼ばわる。

「御曹司、こっちじゃ」

　岡部衆の圧力をまともに受けている南方の総門は開けられぬが、北の方角には南方からは見えぬ小門があり、そこならば花倉がたどり着くと同時に、門の開け閉めをすれば、無事に花倉を迎え入れることができよう。

「御曹司、こっちじゃ」

　左衛門は自らが目印になって、高所の城内から花倉を導く。駆け走る花倉の跡を、まっしぐらに承芳が追いかけてきた。

「善徳寺殿に矢を射かけよ」

　左衛門がわめいたが、ほとんどの城兵は南方から攻め寄せてきた敵勢を防いでおり、弓も此処には数張《すうちょう》しかない。その数張が承芳に射かけられたが、数張では矢衾をつくれるはずもなく、何より間合いも遠すぎたため、ほとんどの矢は承芳のいる場所まで届きもしなかった。

死に物狂いの承芳は、自分に矢が射かけられているとも知らず、花倉の背中を追いかける。まばらに飛んできた矢は流れ矢のように弱く、これは流れ弾とは違って、よほど運が悪くないかぎり、致命傷どころか掠《かす》り傷にもならない。

左衛門に従って矢を射かける福島十郎が、弓を折らんばかりに訴えた。

「無駄にござる」

地団駄を踏まんばかりの左衛門が、わめき返す。

「御曹司をお救い申すのじゃ」

腕もちぎれんばかりに福島の家紋旗を振る左衛門の眼下で、何かに足を取られたのか、花倉が地べたに転ぶ。追いついた承芳の太刀が、花倉の頭上を襲った。城内の高所から見下ろす左衛門が思わず目をつぶったとき、地べたに転んだ花倉が抜く手も見せずに太刀を、承芳の膝めがけて横薙《よこな》ぎにした。

「得たりや」

承芳は飛び上がって花倉の太刀をかわす。その隙に地を蹴って逆襲に転じた花倉の太刀と、これを迎え撃たんとした承芳の太刀が、火花を散らして打ち合った。その剣《けん》戟《げき》は城内の高所にいた左衛門らにも聞こえたが、次の瞬間、左衛門から絶望のうめきが上がる。

太刀打ちの激しい衝撃によって、腕抜きをしていなかった花倉の太刀が弾け飛んだのだ。しっかと握られたままの承芳の太刀が、花倉の真っ向を割らんとして、素早く腰の脇差を抜いた花倉が、承芳の太刀を受け止める。

「まだまだだ、善徳寺」

言い放った花倉の脇差と承芳の太刀は、がっちり嚙み合っていたが、承芳は構わず太刀を花倉の眉間めがけて押し付ける。懸命に花倉の脇差が押し返そうとして、嚙み合った両者の刃が悲鳴を上げ始めた。互いに互いの刃を削り取る焦げた臭いが鼻をつき、ジリッ、ジリッ、と二人の刃が手元に向かって動いていく。鍔元に触れあおうとして、花倉から悲痛な叫びが上がる。

花倉の脇差には鍔がなかった。

頑丈な鉄鍔を嵌め込んだ承芳の太刀が、鍔の無い花倉の脇差の柄に乗り上げるようにして、脇差の柄を握った花倉の指を落していく。

また花倉から悲鳴が上がった。応えるように承芳も雄叫びを上げ、その花倉の悲鳴を断ち切った。

一挙に全身から力の抜けた承芳が、その場にへたり込む。ちらと眼の隅に雪斎の姿が映った。「勝ったぞ」と発した承芳のしゃがれ声が、凄まじい雪斎の絶叫に吹き飛ばされる。何事かと呆然とした承芳の鼻先を雪斎の太刀が掠《かす》め飛ぶ。背後を振り返る間もなく、花倉の首が宙を舞ったが、刺し違えの勢いで迫ってきた、息を吹き返して立ち上がる花倉の幻影が、余韻《よいん》のように承芳の心を揺さぶった。

「御曹司、早う」

右手で花倉の首をつかんだ雪斎が、左手で承芳を抱き起す。

「長居は無用じゃ、御曹司」

叱咤してきた雪斎に、承芳は微笑みかける。

「花倉を討ち取ったのは予ではなく禅師じゃな」

「御曹司――」

雪斎は言葉に詰まったが、此処は花倉城から見下ろされている場だ。花倉城の攻撃は岡部衆と便乗の国人衆に任せて、遭難に巻き込まれぬためにも、ただちに此処から立ち去らねばならなかった。

そのとき、城内の高所から一部始終を見下ろしていた福島左衛門は、花倉の最期が迫るにつれ、宙をつかむように前へ前へとせり出していかざるを得なかった。

「おのれ、禅師」

花倉の最期を目の当たりにした左衛門が、その場で仁王立ちになる。かたき討ちの追手を出そうとして、その足元が目もくらむ谷底であるのに気づく。

「惣領、おさらばだ」

左衛門の耳に、福島十郎の声が聞こえてきた。振り返ろうとした左衛門が、その背中をドンと十郎に押される。他愛もなく転げ落ちていった左衛門の絶叫が、谷底に吸い込まれていった。

驚いた左衛門の周囲の者たちが、殺気だって十郎に詰め寄る。

「十郎殿、気でも狂われたか」

「埒《らち》もない」

吐き捨てた十郎が、敵軍に次々と曲輪を奪われつつある南方を顎でしゃくる。

「福島衆は終わりだ」

「なれど――」

「もはや我らには善徳寺の御曹司の前に這《は》いつくばって、福島の血を残す道しか残されておらん。違うか？」

十郎の言葉に、その場の福島衆は黙り込んでしまった。

「我ら花倉の御曹司の最期から眼を塞《ふさ》ぎ耳も塞がねばならぬ。違うか？」

やはり、その場の福島衆から、反論の言葉は返ってこなかった。

六

承芳は、一足先に駿府に戻っていた岡部親綱と岡部衆の露払いを受けて、今川館に入る。駿府へ進駐した小田原北条氏の軍勢も撤退し始めており、早くも駿府の町は平常を取り戻しかけていたが、太原雪斎には、まだ仕事が残っていた。「花倉殿は行方知れず」と小田原に伝える仕事が。すぐにばれる嘘だが、それでも小田原勢が駿府から撤退するまでは、承芳たちが小田原の意に反して花倉（玄広恵探）を手にかけたのではない、と信じさせなければならない。信じないかもしれないが、それでも花倉の死に承芳は無関係と突っぱねなければならなかった。

雪斎を送り出す前に、承芳が冗談めかして言った。

「禅師、小田原へ参る前に、髭を剃《そ》った方がいいな」

二人は互いに互いの髭面を眺めて、どちらからともなく微笑んだ。雪斎は固辞したが、承芳は自分より先に雪斎へ入浴をすすめ髭を剃らせた。

「頭はどうする」と承芳が尋ねたところ、

「愚僧は坊主にござれば」

そう応じて雪斎は頭も剃り上げる。自ら剃髪《ていはつ》しながら雪斎は、承芳の髪の伸び具合を眺めた。

「早く髷《まげ》が結えるようになるとよろしいな」

あと二、三か月くらいだろうか。その承芳と同じような頭を、雪斎は見たばかりだった。首になった花倉である。刎《は》ねた花倉の首をつかんだとき、その伸びかけた髪は、わしづかみにできるほどに伸びていた。誰にも見られぬ山中で花倉の首を埋めたとき、雪斎は花倉が承芳と同じような頭であることを知った。

雪斎が出立したあと、駿府館の承芳は、あわただしく新たな国主としての務めを行ったが、どうしても承芳には知っておかなければならないことがあった。密《ひそ》かに亡き氏輝の馬廻だった庵原《いはら》弥四郎を呼ぶ。この駿府館で三月十七日に何があったのか、知っておかねばならなかった。

承芳から当日の経緯を尋ねられた庵原弥四郎が最初に口にしたのが、今川氏輝の双子の弟、彦五郎についてだった。

「外れたな――が、彦五郎様の口癖におわした」

「それは予も聞いたことがある」

そう応じた承芳へ、小さくかぶりを振って弥四郎は続けた。

「なれど彦五郎様が『外した』のは、籤《くじ》だけだったのではありますまい。彦五郎様は今川家の当主たる御器量を『外して』おわした」

このたびの騒動（花倉の乱）の原因を作ったのは、今川彦五郎ではなく、庵原弥四郎を馬廻として召した今川氏輝の軽率さだ。福島衆を粛清したいと念じていたなら、それほどの大事を簡単に小田原に漏らすべきではなかったのだ。

今川氏輝の亡父氏親と、北条氏綱の亡父早雲（伊勢新九郎）とは、かつて二人三脚の関係だった。なぜ二人の間に、それほど固い絆が生まれたかといえば、もともと二人は同じ今川家の人間であり、二人にとって今川家は運命共同体だったからだ。同じ運命共同体に属していた二人は、興《おこ》るも滅《ほろ》ぶも今川家しだいだったのである。

早雲の最初の今川家との縁は、彼の姉妹が今川義忠（氏親の父）に嫁いだことによって生まれ、氏親は早雲の甥《おい》にあたる。その縁によって今川家の一門扱いになった早雲は、やがて氏親を助け、氏親に助けられして、力を付けていく。

その後、早雲が小田原で独立できたのも、今川氏親の後援があったからであり、早雲の北条家と氏親の今川家の関係は、二人が在世の間に変化はなかった。

だが早雲の跡を継いだ北条氏綱が、今川家の人間であったことは一日もない。氏親の跡を継いだ氏輝と、早雲の跡を継いだ氏綱が、同じ運命共同体に属したことは一日もないのだ。

にもかかわらず今川家と北条家は、息子の代になっても、同じ運命共同体に属していたころと同じように付き合っていた――うわべだけは。

今川家の嫡男として生まれ、当然のように今川家を継いだ氏輝には、その「うわべ」が見抜けなかったようだ。亡父氏親のころと同じように、北条家は今川家の味方だと思い込んでいたようだ。

前年（天文四年）に今川氏輝は、小田原北条氏の武蔵国制圧を支援するため、武蔵国の（扇谷）上杉氏を背後で支える甲斐武田氏と戦っている。そのうえ、氏輝の妹が北条家の嫡男（氏康）に嫁《とつ》ぎ、小田原に招かれた氏輝は、下へも置かぬもてなしを受け、それに気をよくしたのか、福島衆の粛清という大事を北条氏綱に漏らしている。

北条氏綱にとって早雲は父であり氏康は息子だが。今川氏輝は「うわべ」だけの一門であり、当主として北条家に全責任を負う氏綱が、その大事を聞いてどう動くか、今川氏輝には分からなかったのだろうか。

おそらく氏輝から福島衆粛清の意志を知らされたさい、氏綱は腹の中で考えたことを決して表に出さなかっただろう。

今川氏輝は今川家と北条家の関係は、北条家と福島衆の関係に優先すると信じ込んだのだろうが、この際、関係の深浅など問題ではない。北条氏綱は北条家の利益を第一に考え、行動したのだ。

北条氏綱が福島衆に、その大事を内報したさい、決して「氏輝を殺せ」とは言わなかっただろう。だが粛清の危機を知らされた福島衆が、いかなる行動に出るか予期できなかったはずはない。

しかし承芳が事情を聞いた庵原弥四郎によれば、この内乱が現実のものとなってしまったのは、今川彦五郎のせいだと言うのである。

出家していた承芳は、兄とはいえ彦五郎のことをよくは知らない。氏輝の馬廻として氏輝と彦五郎の傍《そば》に仕えていた弥四郎によれば、彦五郎は常に氏輝を立て、出しゃばることはなかったそうだ。

だがそんな彦五郎の口癖は「外したな」だった。近侍する弥四郎ばかりか、滅多に会わぬ承芳も聞いたことがある。

籤から外れたばかりに家督から外れ、氏輝の「予備」に甘んじていた彦五郎の内心は、庵原弥四郎にも察せられたという。

弥四郎に察せられたのだから、福島越前にも容易に察せられただろう。

「なれど、御屋形（氏輝）だけが彦五郎様の内心に気づいておられませなんだ」

馬廻（直轄軍）を重視し福島衆の粛清を図った氏輝には、先見の明があったのかもしれない。だが人の心の機微に、あまりに無頓着《むとんちゃく》だったようだ。

福島越前に唆された彦五郎は、兄氏輝を亡きものにしようと企《くわだ》てる。此処から先は、承芳にとって、最も聞くのがつらいところだ。だが次の今川家当主として、聞かずには済まされない。

彦五郎は自ら氏輝に手を下そうとはしなかった。兄に面と向かって刃をふるう勇気がなかった彦五郎は、刺客を雇う手に逃げた。

「兵《つわもの》の家に生まれた者に、あるまじき振る舞いだ」

その承芳の言葉に、庵原弥四郎は控えめにうなずき返す。

「御屋形を手にかけた刺客は福島越前の手の者だったのか」

承芳の尋ね方が、決めつけるようだったのは、刺客は福島衆に違いない、と踏んでいたからだが、意外にも弥四郎はきっぱりとかぶりを振ってみせた。

「違い申す。刺客は福島衆ではありませぬ」

「ならば――」

急《せ》き込むような承芳から眼をそらした弥四郎が、暗い顔になった。あたりを憚《はばか》る小声で承芳に伝えた。

「刺客は馬廻衆の一人でした」

おどろいた承芳が首をひねる。

「馬廻に召されるのは、みな身元が確かな者ばかりのはず」

「ところがそうではなかったのです」

馬廻衆の強化を急いだ氏輝は、身元よりも武勇を優先したという。刺客に変じたその馬廻は松平清康《まつだいらきよやす》（家康の祖父）の軍忠状を持っていたという。一時三河国を統一しかけた松平清康から軍忠状を授かるほどの者だから、氏輝も召し抱えるのに乗り気だった。しかもこの者、阿部大蔵《あべおおくら》の添え状まで持参していた。阿部大蔵は松平清康から「おまえは今川の家臣か」と皮肉られるほどの親今川派だったから、氏輝もその者をすっかり信用したのだろう。

「その刺客は三河者か」

「わかりません」

「どういうことだ？」

語気が荒くなった承芳へ、弥四郎が答える。

「その刺客、軍忠状や阿部大蔵の添え状に記された者とは別人だったのです。此処へ来る途中のどこかで、別人にすり替わったのでしょう」

日の出の勢いだった松平清康は、尾張との国境を越えて守山《もりやま》まで攻め込んだはいいが、そこで横死してしまった。清康が死ぬと、たちまち反清康勢力が台頭して、清康の後継者である松平竹千代《たけちよ》（広忠《ひろただ》・家康の父）は本拠の岡崎にもいられなくなり、阿部大蔵に付き添われて伊勢国へ逃れた。

「そうであったか」

承芳にも事情は分かった。松平清康が横死し阿部大蔵も伊勢国に出奔《しゅっぽん》したとあっては、別人に成りすますのも容易《たや》かったに違いない。そんな輩は報酬しだいで誰の殺しでも請け負う。今川彦五郎がその刺客に眼を付けたのか、逆にその刺客の方から売り込んだのかは分からぬし、福島越前がからんでいたのかどうかも不明だが、肝心なのは今川氏輝が隙だらけだった点だ。

「兄上――」

思わず舌打ちした承芳だが、それ以上は言わなかった。

この三月十七日の夜、今川彦五郎はその刺客に氏輝の寝所を教え、近くに潜んで、じっと氏輝の寝所の方に聞き耳を立てて成り行きをうかがっていたという。

「その現場は見ておりませんが」

弥四郎が言う。

駿府館の茶坊主で、たまたまその彦五郎を見かけた者がいたそうだ。その茶坊主によると、寝所の方で騒ぎが起き、次いで氏輝らしき悲鳴が聞こえたとき、彦五郎は真っ青な顔になってガタガタ震え出したという。

これを聞いた承芳が、やり切れぬ表情で天を仰ぐ。

そんな彦五郎だったが、駆けつけてきた福島越前の顔を見るや、別人のように生き生きし始めたそうだ。

「越前、次の今川家当主は、この彦五郎だな」

はしゃぐように発して、彦五郎は福島越前とともに、氏輝の寝所に向かったそうだ。

そこで彦五郎は、兄氏輝と同じ最期を迎える。

うわぁーっ、と館じゅうに響いた彦五郎の絶叫は、弥四郎も聞いている。

駿府館の侍所にいた弥四郎は、異変を察するや、ただちに氏輝の寝所に駆けつけようとしたが、行く手を福島衆に阻まれたという。

その場の福島衆は、鬼のような形相《ぎょうそう》で、「弥四郎殿、いずれへ」と口々に問うてきたそうだ。

「御屋形の御寝所に決まっておろう」と怒鳴り返したところ、血相の変わった福島衆が「ならぬ」と、弥四郎を押し返してきた。

ようやく行く手を妨げる福島衆を押しのけて寝所に駆けつけた弥四郎が見た光景は、血刀を下げて仁王立ちの福島越前と、その場に斬り伏せられて間抜けた死に顔を晒した彦五郎だった。すでに刺客の姿は消えていたが、氏輝殺害が、血まみれの刀を握らされた彦五郎の仕業《しわざ》でないことは、武闘を知る弥四郎には、すぐにわかった。

福島越前から弥四郎は告げられた。

彦五郎によって氏輝は害され、御屋形を手にかけた弑逆人《しぎゃくにん》として、この越前が彦五郎を成敗した――と。

確かに現場の状況は越前が語った通りだったが、越前の冷静過ぎる表情に、弥四郎は強い違和感を覚えた。そもそも福島越前と福島衆は、どうして氏輝の死を予想したかのように、此処へ姿を現したのか。

駿府館の内にある福島越前の屋敷から駆けつけるのに時間はかからないが、館の事情に疎い者はともかく、当日駿府館に詰めていた弥四郎は、不自然すぎる惨劇の現場を目撃して、すぐに越前と福島衆の嘘を見抜いた。弥四郎は氏輝が創設した馬廻衆の一人なのだ。福島衆の粛清を直に聞かされていなくとも、氏輝の馬廻衆にとって、最も邪魔なのが福島衆だと容易に見当がつく。

生前の氏輝が、口癖のように言っていた。

「こののちのいくさの決め手は馬廻衆だ」

氏輝は自在に制御できる馬廻衆の発展をめざしていたが、これを妨げているのが、自前で合戦を請け負う福島衆だった。氏輝は直轄領の代官職を馬廻衆の俸禄として与えたかったのだが、すでに今川直轄領の代官職は福島衆によって占められていた。

おそらく福島衆は、自分たちを粛清しようとしている氏輝に対して、大きく憤慨したことだろう。福島衆には北条早雲（伊勢新九郎）に代わって、今川家の軍事を担ってきた自負がある。

やられる前にやってしまおう――と考えるのは当時の常で、庵原弥四郎にも、その腹は読めた。

――福島衆は花倉殿を担ぐつもりだ。

そう見抜いた弥四郎は、近くの旧北川殿にいる梅岳承芳の危機を察した。

承芳の方が花倉（玄広恵探）よりも継承順位が上なのだ。花倉は側室腹だったが、承芳は正室腹だ。福島衆出身の花倉を奉じて今川家を乗っ取るつもりなら、始末すべきは彦五郎だけでないはずだった。

善徳寺の御曹司（承芳）が危ない――弥四郎は同じ庵原氏出身の雪斎に急を報じ、

ただちに旧北川殿を脱出して身を隠した承芳は、危うく虎口を逃れたのだ。

三月十七日の夜、駿府館で起こったことを知った承芳は、確かめるように伸びかけた頭髪を撫ぜる。

もう梅岳承芳ではない。足利義晴より賜った「義元」を名乗るのだ。

今川義元の誕生だった。

その義元のもとへ、同じく髪が伸びかけた近習が姿を現す。以前、福島越前の屋敷から今川の家宝を奪い返してきた善徳寺の衆徒で、三浦氏の出身だったその衆徒の機転を買って、義元は新たに近習として召し抱えたのだ。

「御屋形」

そう呼ばれるのは、義元も悪い気分ではない。だが還俗して三浦左馬助《みうらさまのすけ》と名乗った近習の注進は、新たな今川家当主となった義元に、苦難の首途《しゅと》を告げていた。

「薩埵峠に陣取った小田原勢、兵を引こうとはいたしませぬ」

第二章　刃なき戦場

一

薩埵峠《さったとうげ》を占領した小田原北条氏の一隊は、他の隊が駿府から撤退しても、そのまま居座り続けた。

「そうか」

三浦左馬助の注進を受けて発した義元の言葉はそれだけだったが、来たるべき試練の大きさは、その胸にも迫ったはずだ。

薩埵峠を占領されるということは、他人に庭先まで入り込まれて、家の中を覗き込まれているに等しい。

小田原の北条氏綱は、雪斎の申し出を鵜呑《うの》みにするほどお人よしではなく、今川方の動きを見張る必要を感じていたのだろうが、義元は小田原北条氏の視線にさらされながら、次々と北条氏綱を激怒させる手を打たねばならなかった。

翌年（天文六年）の二月、武田信虎の娘を正室に迎える。この一事をもってして、駿河今川と甲斐武田の同盟が明らかとなったが、この武田信虎の娘は小田原に嫁ぐ約束ではなかったのか。今川家の太原雪斎が申し出、それを武田家で外交を担当する駒井高白斎が裏打ちした約束だ。

武田信虎には、(扇谷)上杉氏との同盟も解消する様子もない。小田原から甲府に抗議の使者を送ったところ、武田信虎は丁重に謝罪したものの、肝心の(扇谷)上杉氏との同盟解消には応じない。「この信虎はあずかり知らぬこと」と、突っぱねてきた。そもそも駒井高白斎の提出した誓書は、嫡男の晴信のもので、信虎のものではなかった。おそらくこのころには小田原北条氏も(扇谷)上杉氏から武田氏に嫁いだ晴信正室が、とっくの昔に死んでいるのを知ったに違いない。甲府の躑躅《つつじ》が崎《さき》に晴信正室の姿がないのに安心した北条方は間抜けもいいところで、その姫は送り返されたはずの(扇谷)上杉館にもいなかったのだ。

おかげで河越城をめぐる状況は一進一退だ。この年に北条氏綱は河越城を取ったものの、相変わらず武田氏が(扇谷)上杉氏を支援しているため、武蔵国の支配は不安定なままだった。河越城が反北条派の脅威にさらされたままで、どうして北関東進出などできようか。

薩埵峠から小田原勢に見下ろされた駿府の今川義元は、日々、北条氏綱の怒りの歯ぎしりを聞くように新国主の務めを果たしていたが、あの早雲の跡を継いだ氏綱が、ただ座して歯ぎしりしているはずがなかった。

駿東地方（富士川以東の駿河国）が、たちまち小田原勢によって占拠される。駿東を代表する国人、葛山八郎《かつらやまはちろう》は早雲の子であり、彼に小田原勢を手引きされては、今川方は手も足も出なかった。

それだけでは済まない。遠江国でも義元からの離反が相次いだ。遠江国における反義元派の中心は、長く今川氏と対立してきた井伊《いい》氏だったが、今川一門の堀越《ほりこし》氏も、その勢いに便乗して反義元派となった。

右も左も敵に囲まれながら、義元は着々と国務をこなす。東西の敵に脅《おびや》かされる今川氏は、気息奄々《きそくえんえん》たる有様に見えただろうが、じつは今川家の実情は、新たな当主となった義元にとって、決して悪いものではなかった。

何より義元の国務を牽制《けんせい》するほどの有力家臣が消えてしまったことが、義元の裁量の範囲を大きくしていた。玄広恵探を担いで今川家を乗っ取ろうとした福島衆との戦いを、義元は自らの力で乗り切ったのだが、その発端となった先代氏輝の死を、いやでも自覚しないわけにはいかない。

福島衆が独占していた山西地方の代官職は、そっくり義元の手に返ってきた。福島衆に残されたのは、福島十郎に許されたその本貫地のみだった。

花倉の乱で義元方に付いた岡部親綱、五郎兵衛の父子に相応の恩賞を与えてなお、義元には多くの代官職が残された。花倉の乱で孤立無援だったことが逆に幸いし、義元は出費が少なくて済んだのである。当初から義元に与《くみ》したのは岡部衆くらいで、他の家臣たちの多くは、小田原北条氏が義元の味方と知って慌てて馳《は》せ参じたのだから。

手元に残った代官職を、義元は馬廻衆の充実に使うことができた。これは義元の始めたことではない。先代氏輝の発案だ。先代氏輝は馬廻衆を強化しようとして福島衆と対立し、その結果、命を落としてしまうが、義元の馬廻衆強化は順調に障害もなくはかどった。

兄のおかげだ――いや、兄を含む今川家代々のおかげだ。

義元は先祖から託された己れの使命を感じざるを得なかった。

東西に敵を抱えていたにもかかわらず、義元は天文八年ころから検地にも着手する。直轄領はもちろん、国人衆の領地にまで、検地竿を持った役人を踏みこませることができたのは、やはり花倉の乱で義元の敵に回った連中には、強く出ることができたからであろう。義元はこの機に乗じて、国人衆の独立性を弱め、彼らの傘下《さんか》にあった地侍を直に把握し、今川軍の組織化を図った。

検地は亡父氏親のときに始まった。氏親に検地を教えたのは、北条早雲である。革命児の早雲は、検地によって国人たちの隠田《おんでん》を摘発し、そのうえで摘発した増分を、今川家の恩として、その国人に与え直し従属性を強化する策を、氏親に教えた。この方法を取れば、もともとその国人が持っていた領地を恩賞地に転化でき、少ない出費で今川家の強化を図れる、としたのである。

亡父氏親が戦国大名として生き残れたのは、北条早雲のおかげだった。だがその早雲の息子氏綱が、薩埵峠に小田原勢を居座らせて、氏親の子である義元に圧力をかけ続けているのだ。

来る日も来る日も薩埵峠から駿府を見下ろされるのは、苦しいものである。その苦しさに耐え兼ねたのか、今川家中には、小田原と講和するため武田との縁を切るよう進言する者も珍しくなかったが、義元の返事はいつも同じだった。

「いま武田を裏切るわけにはいかない」

その義元の言葉の真意を、今川家中で理解したのは、おそらくは雪斎ひとりだっただろう。だが義元の返答の仕方は、聞いた者をわかった気にさせてしまう。

――薩埵峠まで進出しながら、小田原勢が駿府に攻めてこられないのは、背後の身延道が甲斐へ通じており、国境には武田軍が駐屯しているからだ。もし小田原勢が薩埵峠を空けて駿府に攻め込めば、身延道から南下してくる武田勢が入れ替わりに薩埵峠を占拠する。そうなれば小田原勢は賎機山《しずはたやま》に籠った今川勢と薩埵峠の武田勢の間で挟み撃ちに合い――花倉の乱のときの福島衆と同じだ――壊滅させられてしまう。

状況を知る今川家中の者が、そう考えるのも無理はない。それは過《あやま》ちではなかったが、家中の者にそう信じ込ませた義元の真意は、別のところにあった。家臣たちを騙すつもりはなかったが、そう簡単に真意を悟られては、戦国大名たる今川家の当主は務まらない。

戦国の世の講和など、当てにはならぬ。誓紙なんぞ、文字通りに紙きれほどの重さしかなかった。

だが武田家の嫡男、太郎晴信は、義元（承芳）が潜伏していた村山へ使者を送るのではなく、自らやって来たのである。義元は大鏡坊の狭い僧房で晴信と顔を突き合わせ、直に言葉を交わしたのである。

そのとき義元は、身を隠さねばならぬ窮地に追い詰められていた。そんな状態の義元を盟約の相手としたのだから、次の今川家当主は義元だ――とする信念を、晴信は口先ではなく、自らの行動で示したことになる。

それだけではない。何よりも大きかったのは、晴信が「敵地」である義元の潜伏地に供を一人連れただけでやって来たことだ。逼塞《ひっそく》していたとはいえ、もし義元方がその気になれば、晴信を討ち取ることだってできたのである。晴信は命懸けで義元と盟約を結びに来たのであり、その信念に応えられないようでは、義元は晴信に劣る大将になってしまう。

その義元の真意を知るのは雪斎ひとりだったが、その雪斎を通して武田家の重大事件が持ち込まれたのは、天文十一年のことである。

その武田家の密使は当主信虎より遣わされてきたが、使者が駒井高白斎ではなかった時点で、義元も雪斎もピンときた。

対今川外交を担当する武田家臣は駒井高白斎である。天文六年に武田信虎の娘が今川義元に輿入れしたさいにも、武田家から送られてきたのは駒井高白斎だった。

駒井高白斎をよく知るのは、義元ではなく雪斎だったが、武田晴信が密かに村山まで義元に会いに来たとき、ただひとり連れていた供が駒井高白斎だった。

武田信虎は晴信と義元の関係を軽く考えていたようだ。武田家の当主であり義元の舅《しゅうと》でもある自分の方が、後継者とはいえ部屋住みに過ぎない晴信よりも、よほど影響力が強いと見ていたのだろう。その判断に誤りはないが、信虎はたった一つ、晴信が命懸けで義元に会ったことを見逃していた。いや、晴信と義元が隠していたと言うべきか。もしその事実を信虎が知っていたなら、決して義元に密使など送りはしなかっただろう。

——晴信を廃嫡《はいちゃく》したいので、婿《むこ》殿（義元）に協力を頼む。

これが義元に対する信虎の要請である。晴信側近の駒井高白斎を使者から外すだけで秘密が守れると、信虎は判断したのだろうが、その秘密はただちに義元から晴信に伝えられた。

武田信虎は巷間《こうかん》に伝えられるような、感情的な人物ではない。晴信廃嫡を画策した背景には、今後の武田家をめぐる抜本的な対立があったのだろう。

甲斐国を統一した武田家が、次に何を為すべきか。信虎は関東介入を第一とし、晴信は信濃国侵攻を第一とした。甲斐国を統一した信虎は、その勢いに乗って信濃国にも進出している。だが関東介入を止めようとしない信虎のそれは二正面作戦であり、晴信はこれが武田家を崩壊に導くと危惧したようだ。

晴信は当面は信濃国に専念し関東は捨てるべきだとしたが、信虎がこれに同意するはずがない。そもそも甲斐国を統一したのは信虎であり、晴信ではないのだ。

関東介入は武田家にとって、上杉禅秀《ぜんしゅう》の乱以来、百年以上続く悲願だった。いま甲斐国を統一して、ようやく関東介入の態勢が整ったところで、晴信に強く反対されたのだから、信虎としても、武田家の悲願を理解しない不服従な嫡男をそのままには置けない、と感じたのだろう。

晴信が今川家と盟約したのも独断だ。結果としてその盟約は信虎の利益にもなったが、晴信が独断したという事実は消えない。

信虎が晴信廃嫡を決めたのはこのときかもしれないが、何食わぬ顔で信虎は機会をうかがい続けていた。だが機会をうかがい続けていたのは信虎だけではなかったのだ。信虎の腹を見抜いていた晴信には、信虎の機会を逆に利用するしたたかさがあった。

二正面作戦を続ける信虎は、信濃国にも兵を出したが、それが一段落したころ、駿府へ行くと言い出した。

初孫に会いたい――と言うのである。

――ついでに娘（晴信の姉）にも会い、婿殿にも挨拶してこよう。

まるで好々爺《こうこうや》のような言いぐさだったが、むろん晴信廃嫡への協力を依頼するのが目的だ。だが信虎の駿府行きを本当に待っていたのは、晴信の方だった。晴信は信虎の方から駿府行きを言い出すのを待っていたのである。もし晴信の方から言い出せば、信虎に警戒されてしまう。

信虎が甲斐国から出るのを待っていたのは、晴信ひとりではなかった。武田信虎は甲斐国を統一したにもかかわらず、家中での評判がすこぶる悪い。その原因は軍記物などで伝えられる手打ちなどの蛮行《ばんこう》ではなく、澱《よど》んだ武田家中に容赦なく新しい血を注ぎ込んだからである。信虎は甲斐国に縁もゆかりもない者でも、有能であれば、どんどん召し抱えていった。これが武田家中の強い反発を買った。四百年前から甲斐国に根付いてきた武田家は、主君も重臣も、そのほとんどが先祖をさかのぼれば新羅三郎義光《しんらさぶろうよしみつ》ひとりに行きつく。同じ先祖を存在意義にしているのだから、排他的であることおびただしく、合戦の勝利よりも新参者の排斥に熱心な者が多く、信虎はますます新参者重視の合戦をするようになり、古参の武田家臣は、さらに不満を募らせていくことになる。

晴信はこれらの不満分子を味方に付け、駿府の義元に「信虎を幽閉してくれ」と依頼して、信虎一行が国境の外へ出るや、そこを封鎖してしまった。

怒った信虎は、今川義元から兵を借りようと思ったのだろう。そのまま駿府館に入ったが、満面の笑みで出迎えた義元は、どれほど信虎が晴信の非道を訴えても、「まずは舅殿」と酒席を勧めるばかりだった。

上座に押し上げられた信虎に、

「まずは一献、まずは一献」と、義元は美酒を満たした提子《ひさげ》を向けてくる。

「婿殿、酒など食らっておるときではない」

信虎が提子を押し返そうとしたところ、思いもよらぬ力で戻された。息をひそめた信虎へ、満面の笑みの義元が提子を差し出して迫ってくる。

「まずは一献、まずは一献」

押し上げられた上座から立ち上がったところ、その周りを巡る襖《ふすま》が一斉に開け放たれた。そこに仁王立ちとなった今川家の屈強な侍たちが、声を揃える。

「甲斐の御屋形様、どちらへ」

へたり込むように信虎が、その場に腰を下ろすと、開け放たれた襖は一斉に閉じられ、あたりは元通りに静まり返った。

「まずは一献、まずは一献」

根負けして信虎が盃を差し出す。酒の注がれた盃に眼を落してつぶやいた。

「わしの負けじゃ」

酒盃を干した信虎が、義元に返杯する。かたじけなくこれを受けた義元が、にぎにぎしく告げた。

「夜の床がお寂しいでしょう。取り揃えた女子どもをいま召しますゆえ、お好みの者を――」

「よい、婿殿」

遮って信虎は、胸板の厚い義元の体格を見やる。

「まだ婿殿に婚儀の引き出物を差し上げていなかった。誰ぞ婿殿のご近習に、わしの太刀を取りに参らせてくださらぬか」

義元に命じられて信虎の太刀を捧げ持ってきたのは三浦左馬助だ。左馬助が捧げる太刀を指し示して信虎が告げる。

「それなる太刀は、宗三左文字《そうざさもんじ》じゃ。世に知られた名刀だが、わしの膂力《りよりよく》では使いこなせぬ」

信虎には豪傑の印象があるが、体格はむしろ貧弱だ。

「わしよりも婿殿の方が宗三左文字の主として相応しい」

信虎に一礼した義元が、左馬助から宗三左文字を受け取り、抜き放ってみる。二尺六寸の刀身が伸びあがるように全貌を現し、見る者を脅かす殺気がほとばしる。

左文字は今川家の家宝として崇拝される龍丸のような刀とは違って、使い手を選ぶ実戦本位の太刀だった。

軽々と片手で左文字を扱う義元を見やって、信虎が満足げに言う。

「わしの見立てに間違いはなかったようじゃ」

畏まった義元が、宗三左文字に見とれるふりをしながら、信虎の瞳の奥を探ろうとした。「何か？」と信虎の瞳が答えた気がして、やんわりと遮られる。信虎と晴信はあまり似ていない父子だ。信虎はぎょろ眼で晴信は細眼だったが、内心で義元はうなる。

――よく似た父子だ。

可笑しくもあり怖ろしくもあった。

二

駿東地方を十年余りにわたって小田原北条氏に占領されていた義元の今川氏に、ようやく奪還の機会が訪れたのは天文十五年のことである。

関東制覇を悲願とする小田原北条氏は、その鍵となる河越城を取ったはいいが、武蔵国北部の支配は安定せず一進一退を続けていた。

そのころ、武田信虎を追放して甲斐武田氏の当主となった晴信は、諏訪《すわ》地方の奪取に専念していた。穀倉地帯である諏訪地方奪取の成否に今後の武田家の命運が懸かっている、と晴信は覚悟していたのかもしれない。

穀倉地帯がなければ、多くの兵を食わせていかれないのである。動員力は穀倉地帯がものをいった。甲斐国の特産と言えば甲州金だったが、その交換品としても米穀は融通が利き、穀倉地帯を抱えていれば、敵に足元を見られる心配も少なかった。

だが晴信は諏訪攻略に専心しながらも、関東から眼を離しはしない。信虎のように武田軍を関東に入れたりはしないが、兵力を消耗せずとも済む謀略は止めていなかったのである。

甲斐武田氏の支援が受けられなくなった（扇谷）上杉氏が、小田原北条氏に押され出すと、晴信は古河公方《こがくぼう》を引っ張り込むのに成功した。

古河公方は、元の鎌倉公方である。鎌倉を追われたあと、下総国の古河に逃げ込んだ。こう書くと、いかにも落ち目のようであり、事実落ち目には違いなかったが、腐っても鯛《たい》――であり、「足利」を苗字とする古河公方は、いまだに関東武士の間で人気が高かった。

古河公方は小田原北条氏に篭絡《ろうらく》されていたが、武田晴信はこれを巧みに味方に引き入れた。おそらく古河公方の名門意識をうまく利用したのだろう。足利氏の末裔《まつえい》である古河公方にとって、小田原北条氏は成り上がり者に過ぎず、格下と軽んじただろうから、その盟約も軽んじていたに違いない。

次に晴信の仲介によって、義元の今川氏が武蔵国の上杉氏と盟約を結ぶ。必要に迫られれば相手が誰でも構わず盟約を結ぶのが戦国の世の常だが、もし義元の亡父氏親の代であれば、この盟約は互いにしこりを残したままで、円滑には運ばなかっただろう。

義元の亡父氏親は、まだ龍王丸といったころ、(扇谷)上杉氏から強い干渉を受けたことがある。当時の今川家は今川義忠(義元の祖父)の不慮の戦死による家督係争に揺れていたが、上杉氏は、その混乱に乗じて、上杉氏の一門同然だった小鹿範満《おしかのりみつ》を、次の今川家当主の座に就けようと、横車を押してきたのである。

このとき小鹿範満を援助すべく駿府に乗り込んできたのが、上杉氏の家宰、太田道《おおたどう》灌《かん》だった。武力を背景にした道灌に龍王丸は脅されたわけだが、胸ぐらをつかまれて「わかっているだろうな」とすごまれたようなものだった。

この危機を救ってくれたのが、母の兄弟だった北条早雲(伊勢新九郎)である。当時は影響力が残っていた室町幕府の権威を利用しつつ、龍王丸が成人するまで家督を小鹿範満に預けることで交渉をまとめ、道灌の軍勢を駿府から撤退させることに成功した。

当時の龍王丸――今川氏親は、早雲の機転に感謝する一方、横車を押してきた上杉氏と道灌を憎んだ。太田道灌は現在でも評判の良い武将だが、今川氏親にとっては何があろうと仲良くできぬ不倶戴天《ふぐたいてん》の敵だったのである。

義元はその氏親の子である。だが太田道灌に脅されたのは氏親であって、義元の代には上杉氏の勢力は大きく西に後退しており、義元はその干渉を受けたことがなかった。義元が最も憎んだのは、上杉氏に代わって勢力を伸ばしてきた小田原北条氏の氏綱であり、上杉氏に対しては別段の遺恨はなかった。小田原北条氏も氏綱から氏康《うじやす》に代替わりしていたが、依然、駿東地方は北条氏に占領されたままであり、これを取り返すのに上杉氏と結ぶことに抵抗なかったのである。

天文十五年、関東（河越城）と駿河国（駿東地方）で同時に、反小田原の火の手が上がる。小田原北条氏を継いだ氏康は二正面作戦を強要され、関東制覇を国是《こくぜ》としていた小田原北条氏（氏康）は、河越城の保全を優先し薩埵峠から撤退して駿東地方を放棄する。

このとき河越城主として活躍したのは、花倉の乱で滅ぼされた福島氏出身の北条綱《つな》成《なり》だったが、今川義元も武田晴信も北条氏康も、北条綱成の出自については、まるで申し合せたように一切触れなかった。

ようやく駿東地方から小田原北条氏の勢力を一掃した義元が、駿府館に呼んだのは太原雪斎である。武田晴信の信頼も厚い雪斎は、この度の件でも晴信を裏から支えていたが、義元が雪斎を呼んだのは、これをねぎらうためばかりではない。

「予も還俗して今川家の当主となった。禅師も還俗せぬか」

これまでの雪斎の労苦に酬《むく》い恩賞を与えたい――として義元は雪斎に還俗を勧めたのだ。出家のままでは、与える恩賞にも限りがある。

「禅師には今後も働いてもらわねばならぬ」

義元の表情に、野望がみなぎる。雪斎の前では隠そうとしなかった。その義元を見やって、雪斎は何度もうなずいてみせた。

「御屋形、頼もしゅうておわす」

目じりを皺《しわ》にした雪斎は好々爺のようだったが、その体躯からにじみ出る迫力が、ひしひしと義元にも伝わってきた。

「禅師は予と違って禅学にも通じておる」

ハハハ、と袖で口を覆った雪斎から眼を離さず義元が発した。

「だが禅師、そなたに似合いはやはり武者姿だ」

だが雪斎は聞こえぬふりをしている。

「禅師も子を為したいであろう。せっかく立身したのだから、家を起して我が子に継がせたいであろう。還俗するなら、禅師に今川姓を与える。普広院殿より賜った今川一苗字の御教書は当家の家宝であり、その家宝に背くことになるが、それでもかまわん。この義元が今川家の当主となれたのは、禅師のおかげではないか」

義元の言葉を聞く雪斎は、うれしそうだった。坊主頭を撫ぜ、しみじみとしている。だが、やがて返ってきた雪斎の言葉は、義元の勧めの謝絶だった。

「愚僧は子に跡を継がせる家など望みませぬ。出家のままが愚僧の似合い」

義元が溜息をつく。すると柔和な微笑を浮かべた雪斎は、初めて義元が聞くことを言ってきた。

「愚僧の出自は庵原《いはら》氏。今川の臣下の家にございます。臣下に過ぎぬ出自の愚僧が御屋形とともに今川家を背負えるのは出家であればこそ。もし愚僧が家など持てば、たとえ今川の苗字を頂戴しようとも、御屋形とは一心同体ではなくなり申す」

「うむ」

曖昧《あいまい》な義元の返事が、ひどく二人の間で響いた。

「ならば、禅師。三河国に下ってくれるか」

「お安い御用にございます。なれど、三河国計略――いや、その先を見据えた策を忘れてはなりますまい」

「小田原と盟約せよ、と申すのか。小田原との盟約が成立すれば、甲府、小田原、そして駿府がすべて結ばれることになる。天下最強の同盟の誕生だ」

義元は先回りして言ったつもりだったが、雪斎の表情は厳しいままだ。

「ただ盟約するだけでは足りませぬ」

その雪斎に真正面から義元が告げる。

「難しいぞ」

「難しくとも、仕遂げねばなりませぬ。御屋形の大願成就のためにも」

びくともせずに雪斎は返したが、義元の表情は渋いままだ。乗り気でない義元を見やって、雪斎が口調を変えた。

「御屋形、いまが小田原と結ぶ機会ではありませぬか」

「禅師はなぜそう考える」

義元から問われ、雪斎はよどみなく応じた。

「御屋形にとって遺恨深き先君（氏綱）が亡くなったからにございます」

天文十年に北条氏綱が小田原で死去したとき、これを聞いた義元は「屋形」としてのたしなみも忘れて、躍り上がった。「くたばったか、あの野郎」とでも言いたげな義元の顔を見れば、氏綱が生きているかぎり、駿河今川氏と小田原北条氏が真の盟約で結ばれることはありえないとわかる。

今川義元にも北条氏綱にも言い分はある。義元と氏綱は互いに相手を裏切り者として憎み、互いに悪いのは相手だとして、譲り合う余地がなかった。

氏綱のしたこと——亡兄氏輝から福島衆粛清の協力を求められたとき、これを福島衆に内報したこと——は、義元には許せなかった。

一方氏綱は、義元と雪斎に騙されたと恨んでいる。他人の物（河越城）を差し上げると騙《かた》った、とんでもない詐欺師《さぎ》だと憎んでいた。

この両者が顔を合わせたなら、どうなるだろう。初めは互いに遺恨を腹にしまって対面したとしても、僅かな言葉の行き違いだけで、双方は刃傷《にんじょう》に及ぶかもしれない。

「そもそも愚僧自身が、小田原の先君から、嘘吐き坊主と罵《ののし》られておりましたからな」

可笑《おか》しそうに述べた雪斎が、とぼけたような顔で義元を覗き込む。

「その先君が亡くなられ、本城（氏康）が跡を継がれました。これが機会でなくて、なんでございましょう」

雪斎は義元の顔を覗き込んだままだ。こんな無遠慮ができるのも、雪斎の他にはいない。

「禅師の申す通りだと思う」

同意した義元が、間近にある雪斎の顔にささやきかける。

「だが、こじれにこじれた小田原との盟約を結び直すには、時が要るであろう。その間、我らは指をくわえて、その成り行きを待っておらねばならぬのか」

これを聞いた雪斎が「断じて」とかぶりを振る。

「御屋形、愚僧、遠州の裏切り者どものかたがつきしだい、ただちに三河国に入り申す」

「うむ」

義元はうなずいたが、眉間に皺を寄せて続ける。

「そうなれば、小田原と三河の二正面作戦になるな」

「なんの、兵を動かすのは三河国だけにございます」

「そうではない」

義元の口調は重くなった。

「二正面作戦になるのは、禅師一人だ」

三

雪斎が「遠州の裏切り者」と表現したのは、もともと今川氏の支配下にあった遠江《とおとうみ》国の国人衆のなかで、駿東地方を占領した小田原北条氏に呼応して、反今川の兵を挙げた者たちのことである。

長く今川氏と対立してきた井伊氏や今川一門の堀越氏がその中心だったが、これらの遠州国人衆は、小田原北条氏の後援があってこそ今川氏に対抗できたのであり、小田原北条氏が東海方面から手を引いてしまえば、もはや義元と今川氏の敵ではない。

義元は反今川の国人衆と仲が悪い犬居《いぬい》城の天野《あまの》氏をけしかけるとともに、自ら兵を率いて遠江国に入り反今川勢力を残らず屈服させる。

遠江国は今川氏が守護職を保持していた時期もあり、準本国だったが、それでも今川氏がちょっと弱みを見せれば、たちまち叛乱《はんらん》の巣と化してしまう。

遠州平定は義忠《よしただ》（義元の祖父）の代に始まり、義忠はその最中で平定したはずの遠州国人衆残党の奇襲を受け、命を落としている。敵の流れ矢を受けたという。

だが今川家当主となる前から、義元はこの点に疑問を抱いている。敵の矢を受けて討死した大将の例は少なくないが、みな例外なく敵の矢衾《やぶすま》による攻撃に遭っていた。標的となる大将の周囲を弓衆で囲み、数十数百の矢を矢継ぎ早に浴びせ続ける攻撃だ。大将の鎧は頑丈で、そう簡単には矢を通さない。雨あられと矢を浴びせて、ようやくそのうちの一矢が、鎧の隙間を縫《ぬ》って急所に刺さるのである。

だが義忠が襲われたのは夜だ。視界が利かず、矢衾攻撃はできない。

――きっと味方に、それも祖父（義忠）のすぐそばに裏切り者がいたはずだ。

義元は祖父の仇を取れるものならば取りたかったが、祖父が不慮の死を遂げたのは、亡父氏親が、まだ龍王丸といったころだ。義元は祖父の死について、亡父に尋ねてみたかったが、当時の義元はまだ幼かったうえに、殺生《せっしょう》禁断の出家だった。

祖父の死は謎のまま残り、いまも義元の心のしこりとなっている。

――もしかしたなら、亡兄氏輝が馬廻衆創設を思い立った理由の一つが、祖父の死だったのかもしれない。身の周りを信頼できる者で固めたかったのかもしれない。

だが、皮肉なことに亡兄は、その馬廻のために命を落とした。

――兄の死を無駄にしてはならぬ。

そう肝に銘じて義元は、祖父義忠、亡父氏親に倣《なら》って遠州平定に乗り出した。これで祖父の代から数えて三度目だ。きりがないようだが、それでも遠州入りのたびに、反今川の勢力は眼に見えて弱まっていた。

　義元の遠州平定は祖父と父のおかげで順調にはかどり、いよいよ義元の今川氏は、満を持して三河国へと進出していく。このとき義元の代理を務めたのは太原雪斎である。義元は駿府にあって小田原北条氏の動きに眼を光らせ、三河国には雪斎が乗り込んだのだ。

　今川氏が初めて三河国に攻め入ったのは、もう半世紀も昔のことで、そのときの今川軍の大将は北条早雲だった。

　そのおりは時期尚早で、早雲に率いられた今川軍は、すぐに三河国から撤退したが、このたび義元の代理として三河国に乗り込む雪斎が密かに見据えていたのは、三河国のその先にある豊穣《ほうじょう》な国だった。

　尾張国――。

　この国こそが、雪斎だけが知る、義元の真の標的だった。この野望を義元が雪斎以外の者に漏らしたことはなく、他の誰も知らないはずだったが、たった一人気づいたのは、当の尾張国の織田信秀《おだのぶひで》だ。

　信秀の耳に駿府から聞こえてくるのは三河国のことばかりだ。

　――三河国は今川氏発祥の地である。苗字の地（今川）がある三河国を他人に渡したままでは、先祖に申し訳が立たない。

これが今川氏の三河国進出の大義名分らしかったが、他にも「三河国は古来足利氏の本貫地であり、御一門たる今川氏にとって、三河国進出は御所（足利将軍）への忠義でもある」とも号されていた。

だがその三河と国境を接しているにもかかわらず、義元も雪斎も尾張国については知らぬふりをしている。その知らぬふりが、信秀には不気味だった。

狙われているな——そう直感した信秀は、今川の機先を制しようと、逆に三河国へ侵攻した。

もし織田信秀の尾張国支配がいま少し安定していれば、他の手もあったのだろうが、もともと尾張守護斯波《しば》氏の守護代織田氏の、そのまた家老であった織田信秀は成り上がり大名であり、いかに尾張が豊穣の国だとはいえ、その支配地は全体の半分ほどであり、しかも支配地内部にも豊かであるゆえの内紛を抱えていた。おまけに信秀は西に国境を接する大国の美濃《みの》とも争っていたのだが、信秀には二正面作戦を避ける余裕もなかった。

織田信秀は今川氏に先んじて三河国に侵攻するだけでは事足りず、遠く小田原にも使者を遣わし、北条氏康の協力を求めた。

今川氏を挟撃しよう——と誘ったのである。

小田原の北条氏康は、この誘いには乗らなかったが、それでも今川義元は駿府に厳戒態勢を布き、賎機山と薩埵峠を兵で固めた。

なんでおれが織田の味方をせにゃならんのだ——と氏康はぼやきたかっただろうが、この件が、三国同盟のきっかけの一つとなる。

一方、義元と雪斎も、織田信秀について「勘のいい奴だな」と舌打ちせざるを得なかっただろう。

三河は統治の難しい国である。その面倒さに拍車をかけたのが、織田信秀の三河侵攻だった。だが義元と雪斎は、決して難治《なんじ》の三河国の現実から逃げようとはしなかった。

もし楽な方法を取るなら、将軍家を動かして三河国の守護職にしてもらえばいい。それでも足りぬなら、朝廷を動かして、三河守に任じてもらえばいい。

だが義元と、その代理として三河国に乗り込んだ雪斎は、決してその安易な道は選ばなかった。

そのやり方では駄目なことを今川氏に教えたのは、北条早雲である。早雲が氏親に教えたことは、義元と雪斎にも受け継がれていた。

肝心の地元の国人衆を掌握しなければ、守護も国司も意味がない——将軍家執事として幕府政治の中枢にいた伊勢氏出身の早雲は、たびたび中央と地方を往復することによって、独自の視点を獲得していったのであろう。

真の標的である尾張国を取るためにも、三河国を避けて通るわけにはいかない。駿河を本国とし、遠江を準本国とする今川氏が三河国を取り、さらに尾張国をも取れば、この日本国の大動脈である東海道を扼《やく》するのは今川氏だ。

義元は今川領の中心を尾張国にしたいと考えていたのかもしれない。今川氏の本拠は駿河国だったが、駿河国の位置は東に偏《かたよ》り過ぎている。だが尾張国は豊穣なうえに、日本国のほぼ真ん中に位置するのだ。しかも尾張国を取れれば、伊勢国を取るのも難しくなくなる。伊勢国は尾張国と並ぶ豊穣の国だが、この国には織田氏のような新興大名はいなかった。今川氏との縁も尾張国に比べれば格段に深く（駿河国の輸入米は伊勢産だったという）、この国の大名が公家出身の北畠《きたばたけ》氏であることを考えると、足利一門の今川氏ならば、兵を動かさずに講和に持ち込めるかもしれない。

のちに伊勢国は織田信長の手に落ちたが、北畠具教《とものり》は新興大名の織田氏を嫌い、名門武田氏の信玄（晴信）の西上作戦を知るや、一も二もなく信玄への加担を決めている。

もし今川氏が駿河遠江に加えて三河そして尾張、さらに伊勢を版図とするならば、日本国の中心を抑えたことになり、この天下に今川氏に敵《かな》う大名はいなくなる。

義元は出家時代に京都で暮らしたにもかかわらず、今川家当主として上洛を企てたことはない。その理由は、もしかしたならば、尾張国を第二の京都にしようと考えていたからなのかもしれない。

第二の京都を求める構想は、京都方にもあったようで、とくに熱心だったのは転法《てんぽう》輪三条《りんさんじょう》公頼《きんより》だったと思われる。この転法輪三条公頼の娘は、武田晴信の正室であり、この婚姻を仲介したのは今川義元だったといわれている。転法輪三条家の家格は摂家《せっけ》に次ぐ清華《せいが》で上流公家だったが、公頼は娘を皇族や他の上流公家に嫁がせようとはせず、戦国大名に成長した武田家の嫡男（晴信）や、寺社勢力のなかで戦国時代に唯一急成長を見せた本願寺の門主に嫁がせている。

公頼がその後、山口に入ったのも此処を第二の京都にと企《たく》らんだためかもしれない。山口は西に偏り過ぎていたが、此処は中国朝鮮への玄関口を押さえていた大内氏の本拠であり、何より当主の大内義隆《よしたか》が乗り気だった。この構想は大内家の有力家臣、陶《すえ》晴賢《はるかた》たちの叛乱によって頓挫《とんざ》するが、このとき公頼は他の上流公家とともに殺されている。とくに公頼は大内領から逃走しようとして、陶晴賢に追手をかけられ討ち取られていた。ほんらい上流公家は武将と違って、よほどのことがあっても助命されるのが当時の常識である。それがことごとく殺されてしまったというのは異常であり、陶晴賢たちは余程の恨みを転法輪三条公頼たちに抱いていたと思うしかあるまい。

当時の武士が最も深い恨みを抱く相手は、先祖伝来の家領に手を出した者である。己れの「家」が第一であるのは大名も家臣も同じであり、その意味では先祖伝来の家領は、たとえ相手が主君であっても手出しは許されなかった。当時の武士が最も尊んだのは「家」を興した人であり、その人は死後、その家の神になるのだ。もし山口が第二の京都になれば周辺の所領替えが予定されたであろうし、転法輪三条公頼たち京都の公家は、知らず知らずにこの地雷を踏んでしまったのかもしれない。

だが今川義元には、その権力を掣肘《せいちゅう》する先祖代々の重臣が、ほとんどいなかった。北条早雲とともに亡父氏親を助けた福島衆、そして矢部氏、長谷川氏などが花倉の乱によって消えた。残るは岡部氏と朝比奈《あさひな》氏くらいである。

尾張国平定の前哨戦と考えるなら、一筋縄ではいかない三河国平定は厄介だ。だが三河国に乗り込む雪斎は、何をするにも、事後通知まで含めて義元の許可さえ取ればよく、家中に右顧左眄《うこさべん》して忖度《そんたく》する必要はなかった。効率的機能的に動けたのである。

こうして義元と雪斎の二人三脚は始まった。

四

同じ三河国でも、東三河と西三河では勝手が違った。遠江国と隣接した東三河については、すでに支配が安定していた遠江国と同様に支配下におさめることができた。だが尾張と国境を接した西三河はそうはいかない。

西三河には今川氏の策を読んだ織田信秀が先に進出しており、今川氏は後手を踏まざるを得なかった。そのうえ西三河は山岳地帯の奥三河まで含めて、大勢の国人が入り乱れた紛争地帯で、どこから手を付けるべきかの見極めも難しかった。

西三河を代表する国人は岡崎松平《おかざきまつだいら》氏である。岡崎松平氏の次郎三郎広忠《ひろただ》は、織田信秀とこれに指嗾《しそう》された三河国人衆の圧迫を受けて今川氏に救援を求めたが、松平広忠の地位が安定しないせいか、岡崎松平氏は僅かの契機でも反今川となったりした。

西三河の平定を目指した太原崇孚雪斎は、まず西三河の中心である岡崎松平氏に狙いを定めた。

雪斎は自ら岡崎松平氏の本拠である岡崎城に乗り込んでいく。庵原弥四郎あらため右近《うこん》ら僅かの供廻りを連れただけで、軽々と乗り込んでいった。

義元から全権を委《ゆだ》ねられた雪斎だが、あくまで彼は義元の代理なのだ。もし雪斎を亡き者にしても、総大将の義元は駿府で健在だった。また名を知られた禅僧でもある雪斎には、凶暴で知られる三河衆も手が出しにくい。

だから雪斎はいきなり岡崎城を訪ねることができた。松平広忠以下の岡崎衆にとって、雪斎の来訪は寝耳に水で、みな慌てふためいて雪斎を出迎える。

黒衣に坊主頭の雪斎は、いかにも禅僧らしく穏やかな微笑を浮かべていたが、一目で家中の問題を見抜いた。

雪斎を出迎えた岡崎衆は、懸命に体裁を取り繕って武家礼法の真似事をしているが、まったく様になっていないくらいならまだしも、この場に出てくるほどの武士の中にも、明らかに衣装が借りものであったり、脇差を帯びていなかったりする者が目立った。

——博打《ばくち》だな。

すぐに雪斎は、岡崎松平氏の荒れた家風に気付く。博打で身代を失ってしまう不届き者は駿河衆にもいたが、城主である松平広忠の側近ですらこの有様だった。

対面した広忠は、まだ若く小柄な武将だったが、その落ち着きのない風貌はどことなく小鬼を思わせる。岡崎衆の惣領らしく眼光は鋭かったがその血走った両眼は常に左右をきょろきょろしており、いまにも泣き出しそうにも、怒り出しそうにも、どちらにも見えた。

「次郎三郎殿」

雪斎が呼びかけると、これに応じて広忠は畏まるが、その態度は何かをつかもうともがいているようで落ち着かない。

「うるさい織田弾正忠《だんじょうのじょう》（信秀）は、我らがこの三河から追い払ってしんぜる」

雪斎がそう告げたところ、広忠は安堵したように一礼したものの、さりげなくその表情を盗み見たところ、赤い瞳が疑い深くこちらをうかがっていた。

雪斎が何を言い出すのかと、恐れながら待っている。むろん雪斎も今川がタダで岡崎を助けると思ってもらっては困るが、とはいっても小鬼のような形相の広忠には閉口した。

「次郎三郎殿には織田に取られた御嫡子（竹千代）がおわしたな」

そう雪斎が切り出したところ、驚くほど大げさな身振りで、広忠は織田への怒りを表した。

「さようにございます。禅師殿」

広忠は赤い両眼をギラギラさせて、雪斎に訴える。カタカタと何か鳴ったが、それは広忠が手にしていた扇子で、痙攣《けいれん》したように床板を叩いていた。

「我らは決して、決して、駿府に背くつもりはござらぬ」

その広忠を黙らせるように、雪斎は申し渡した。

「ならば御嫡子は当家でお預かりするということでよろしいですな」

「もちろんにございます」

異存はない、と広忠は、顎《あご》が胸につくまでうなずく。

広忠には嫡子を駿府へ人質に出す、という意識しかなかったかもしれず、確かに雪斎は今川の人質として竹千代を取ろうとしていたが、彼にはもっと大切な思惑があった。

次郎三郎殿――と、雪斎は注意を促してやりたくなった。常に広忠は左右に視線を走らせて警戒していたが、雪斎の見るところ、最も危ないのは広忠の背後に控える近習たちである。近習たちの視線はバラバラであり、誰一人として広忠を見てはいなかった。故今川氏輝の馬廻に紛れ込んだような輩が、此処にはうようよとしていた。

――こういう連中が最も危ないのだ。

尾張国計略の前戦基地となる岡崎松平氏の跡取りを、こんな所に置いては置けぬ
――これが雪斎の真意だ。

天文十七年、太原雪斎は、遠江国から朝比奈泰能《やすよし》（掛川城主）、駿河国から岡部五郎兵衛を招集し、岡崎衆を先鋒にした今川軍を編成して、三河国を侵食していた織田信秀と合戦する。

当時、織田方は矢作川《やはぎ》を越え上和田《かみわだ》にまで進出していた。矢作川は織田方を食い止める最大の防衛線だったにもかかわらず、その防衛線を軽々と越えられてしまった。矢作川を越えた織田方が橋頭保《きょとうほ》とした上和田は、ほんらい岡崎を西の脅威から守る地である。岡崎とは目と鼻の先の上和田にまで迫られた岡崎松平氏は、すでに瀕死《ひんし》の状態であると言っていい。

雪斎はその危機を察して今川軍を出動させたのだが、織田方もせっかく取った上和田をむざむざ敵に渡すわけにはいかない。

雪斎を大将とする今川軍の出陣を知った織田信秀は、自ら尾張兵を率いて上和田に入った。

このときの両軍の作戦は、互いに相手の本拠を狙ったものだった。織田軍は今川軍の布陣する藤川を狙い、今川軍が狙ったのは、もちろん上和田である。

上和田と岡崎の間に小豆坂《あずきざか》というのがある。周囲の見通しが大変に利きにくく、織田軍は敵に先んじてこの坂を占領して優位に立とうとした。

織田軍は藤川の今川軍を見張っており、兵を動かす気配がないのに安心して、小豆坂へと押し寄せたが、今川方は織田方の物見が来るより先に先鋒の岡崎衆を小豆坂まで遣わし、此処に待ち伏せさせていたのである。

織田方は物見が無能だったのか、敵地の情報が入りにくかったのか、この待ち伏せに全く気付かず、小豆坂を駆け上がっていった。

一方、待ち伏せていた先鋒の岡崎衆にも織田軍の接近は知らされず、両軍は鉢合わせに近い恰好《かっこう》で戦端を切った。この合戦の総大将雪斎は、岡崎衆を信用していなかったのかもしれない。合戦は幕が落とされたように、いきなり始まったにもかかわらず、刻限を見計らったかのごとく、雪斎はいくさ場に姿を現した。

うわぁーっ、と木々の間に叫び声が上がったが、その叫び声は天には上らず、坂の周辺に澱むように沈んでいった。

何だこのいくさは、と思うや、人相の悪い岡崎衆が、仰天した表情のまま、歯をむき出して織田勢に襲いかかっていく。

ああっ、と漏らした雪斎の表情が渋く変わる。岡崎衆は備えもつくらず、バラバラに飛び出していったのだ。

あっという間に討ち取られるだろう——と見やっていると。岡崎衆は案外にもしぶとく、周囲を織田勢に囲まれてしまっているにもかかわらず、槍を振り回しながら火花を散らしている。

「意外に勇ましいが」と雪斎がつぶやく。

疲れてきたなら終わりだ――そう思ってなおも見やっているうち、ふと雪斎は気付いた。

――あれに包囲された連中は囮《おとり》なのでは。

囮に気を取られている織田兵の背後から、岡崎衆がそろりと近づいてきた。

だが、織田兵も馬鹿ではない。すぐに気づいて、肉薄してきた岡崎衆に槍を向け直した。にもかかわらず、岡崎衆は退こうとはしない。織田勢の槍衾に飛び込むように突進していった。隣の朋輩が串刺しにされても構わず突進していった。

無茶苦茶だ、と舌打ちしかけた雪斎が、驚いて眼を見張る。

岡崎衆の槍の使い方が妙なのだ。よく見れば形も変わっている。槍柄の真ん中あたりが太くなっていた。

なぜだ、と首を傾げた雪斎の眼に、槍を下から振り回す岡崎衆が映った。不意を突かれた織田兵が、脛《すね》を叩かれ、もんどりうって坂の下に転げ落ちる。

敵との間合いが開き過ぎた、と思う間もなく、岡崎衆が手にしていた槍を、一斉に坂下の織田勢めがけて投げ下ろした。

投げ突きにした槍が、坂下に転げ落ちた織田勢の胸板を、あるいは背中を、水も止まらぬ勢いで貫通して、そのまま地べたに突き刺さった。天を衝《つ》く槍の群れが、織田兵を磔《はりつけ》にしたまま屹立《きつりつ》する。

思わず雪斎が床几から立ち上がった。見たこともない光景は背筋が震えるほどだったが、次の瞬間、槍を投げた岡崎衆は回れ右して、こちらへ駆けだしてきた。いまだいくさの最中である。逃げ出してきたのかと思いきや、岡崎衆はみな眼の色を変えて両手を差し出している。

「御大将」

岡崎衆が雪斎に向かって口々に叫んでいた。

「褒美を賜れ、褒美を賜れ」

まるで亡者の群れだったが、中のひとりなど、飛び出した右の目玉をぶらぶらさせながら、雪斎に両手を差し出してくる。

雪斎がその岡崎衆に発した。

「その方、眼の手当てが先であろう」

するとその岡崎衆は、ぶらぶらする目玉を、うるさげに引きちぎって投げ捨てた。

血が混じってドロドロしたその手のひらに、雪斎が碁石金《ごいしきん》をあふれんばかりにのせたところ、その岡崎衆は凄惨な顔で笑い、引き下がっていった。

雪斎はその岡崎衆から眼が離せなかったが、わいわい集まってきた他の岡崎衆で、あたりは大変な騒ぎである。みな先を争って褒美をもらおうとして、隣の朋輩と喧嘩《けんか》を始める者までいた。

雪斎の傍らで、庵原右近が怒鳴った。

「殿ばら、列を作って並ぶべし。殿ばらの武勇はこの場にて、しかと御大将が見届けめされた。前後で褒美は変わらぬ。安堵されたし」

だが、それでも岡崎衆は仲間同士で牽制しあうのを止めない。とうとう雪斎が怒鳴った。

「者ども、静粛にいたせ」

すると岡崎衆が嘘のように静まり返り、列を作って並んだ。

――なんか、つぎはぎだな。

雪斎がそう感じたのは、岡崎衆の鎧の多くが、胴と袖の縅毛《おどしげ》が違っていたからだろう。こんな鎧は駿府ではお目にかかったこともないが、岡崎衆は恬《てん》として恥じる様子もない。

そのつぎはぎの鎧の足りぬところは、買ったのか盗んだのか奪ったのか――と雪斎は聞いてやりたくなったが、苦笑を浮かべてやめる。どうせ叩いても埃《ほこり》しか出ない連中だった。

雪斎は集まってきた岡崎衆に、碁石金を気前よく振る舞った。拝領の碁石金をしゃぶらんばかりの岡崎衆をその場に置いて、雪斎は戦況を検分するため小豆坂に登る。すでに織田勢はそこから退却し、物見が「織田勢は坂の下で兵を調《ととの》えんとしております」と知らせた。

「構わん」

雪斎が発する。坂下の織田勢は無視しろ、という意味だ。

小豆坂を占領したうえは、今川軍が布陣していた藤川が狙われる恐れはない。ならば、織田方の背後に回って上和田を衝くべきだ。

雪斎が配下の朝比奈隊、岡部隊に号令しようとしたとき、先ほど褒美をもらって引っ込んだはずの岡崎衆が、凄い勢いで雪斎を追いかけてきた。岡崎衆の先頭にいるのは、なんと右目を失ったばかりの、あの岡崎衆だった。包帯代わりの手ぬぐいで右目を覆い、両手を振り回しながら叫んでいた。

「今川衆、抜け駆けにござるぞ」

雪斎の傍らで、庵原右近が呆れたようにつぶやく。

「岡崎衆が算を乱して戻ってきてしまったゆえ、御家中を差し向けようとしておるのではないか」

「まぁ、よい」

雪斎が朝比奈隊と岡部隊を下げて、岡崎衆を前に出す。上和田を狙われていると知って、織田勢は慌てて退却を始める。そこへ岡崎衆が嚙みついた。

「岡崎の者ども、えらく威勢が良いようですな」

庵原右近に話しかけられ、雪斎が応じる。

「それはそうだろう。今川の大軍が援護しておるからな」

「それにしても――」

庵原右近はその先を言うのをやめたが、何を言いたかったのかは、雪斎にも分かる。

岡崎衆の命知らずぶりには驚かされたが、どうも武勇というには違う気がする――と言いたかったのだろう。

想像力が欠如しているような気がした。あの岡崎衆と山本菅助を比べてみれば分かる。同じく隻眼《せきがん》となった二人だが、片目が見えないことを相手に悟らせまいとする菅助に対し、あの岡崎衆はそんなことなど気にもとめない。

いま岡崎衆は先ほど小豆坂で戦ったときと同じように備えもつくらずまばら駆けしていたため、織田勢に討ち取られてしまう者も多かったが、自分の死にさえ想像力が働かない者が、どうして他人を殺すのに想像力など働かせるだろうか。

先鋒の岡崎衆に嚙みつかれた織田勢は、這《ほ》う這《ほ》うの体で上和田まで逃げ帰ったが、此処に築かれた砦には今川の大軍を支えるほどの防御力はない。

上和田砦を包囲された織田勢に対し、今川軍はわざと西に逃走路を開く。今川方の意図は織田方も察しただろうが、もはや上和田を支えることはできないのだから、西に開かれたその逃走路から矢作川を渡って後退していく。

この合戦で上和田を奪い返し、矢作川以東の織田勢力を一掃した雪斎の今川軍は、時を置かずに矢作川を押し渡り、三河国に残された唯一の織田方の拠点である安祥《あんじょう》城を包囲した。

勢いに乗った雪斎の今川軍は、たちまち安祥城をも開城させ、城将の織田信広《のぶひろ》を捕虜とした。信広を二の丸に連行した今川軍は、本丸から見下ろしにできる二の丸の周囲を厳重に封鎖《ふうさ》した上で、清州《きよす》城に退却していた織田信秀に人質交換を要求した。

捕虜とした織田信広は信秀の子（信長の庶兄）だったが、雪斎が人質交換の相手に要求したのは、松平広忠の嫡子竹千代である。

織田信秀はせっかく手に入れた竹千代を手放したくなかったに違いない。竹千代を握っておけば、岡崎松平氏に揺さぶりをかけることもできるが、これを今川に渡してしまえば、織田方は三河国介入の糸口さえ失うことになる。

織田信秀は老獪《ろうかい》な武将だったが、それを見透かしたように、今川方は捕えた信広を二の丸に閉じ込めてしまった。その動きの全てを本丸から見下ろしにされてしまう二の丸は、脱出不能な状態に封鎖するのも容易だった。もし信秀が時間稼ぎを企もうものなら、たちまち放火されて信広も家臣たちも一人残らず殺されてしまう。織田信秀といえども、我が子はもちろんその家来たちを見殺しにしては、大将として世に立つことはできない。

一筋縄ではいかない織田信秀だったが、もはや人質交換に応じるほかなかった。うかつに小細工でもすれば、安祥城二の丸の捕虜たちは、雪斎の命令ひとつで殺されてしまうのである。

尾張三河の国境で行われた人質交換は、視界のひらけた原に両軍が時を合わせて姿を見せ、そこから同時に進むと、ある距離を置いて両軍一緒の場所に控え、そこから先は、ただ一人の介添人に付き添われて人質が進み出る。織田信広の介添人は岡崎松平氏の老臣阿部大蔵、そして竹千代の介添人は織田家の老臣平手政秀《ひらてまさひで》である。

双方の介添人は、連れてこられた人質が本人かどうかを確認しなければならず、人質の顔をよく知っている者が選ばれる。

平手政秀が連れてきた竹千代を見て、織田信広を連れてきた阿部大蔵がうなずく。平手政秀も織田信広を見て、阿部大蔵にうなずき返し、双方の人質は互いに相手の手に移る。

阿部大蔵に付き添われた竹千代が、今川軍の大将雪斎のもとに伺候《しこう》してきた。黒糸《くろいと》縅《おどし》の鎧をまとい、坊主頭に兜《かぶと》を被るための鉢巻きを巻いた雪斎は、このとき初めて竹千代を見た。どちらかといえば気の利かなそうな顔だ。その竹千代が、雪斎の眼光を浴びながら、スタスタとこちらへ歩いてくる。図太いのか愚鈍《ぐどん》なのか――。

迷ったが、雪斎の声音にぶれはない。

「竹千代殿か」

重々しい雪斎の問いかけに、竹千代は背筋を正す。まだ何の色にも染まっていない童子だ。

――この童子を父親のようにしてはならない。

そう決心した雪斎の耳に、竹千代の声が聞こえてきた。ぎょっとしたのは、その声が父の広忠そっくりだったからだ。

「禅師様、このたびのこと、御礼の言葉もございませぬ」

まるで広忠のような言いぐさだったが、こちらを仰ぐ竹千代の表情を、どこか別の場所で見た気がした。

誰かに似ている――父の広忠とは違う誰かに。

それが誰だか分からぬまま雪斎は竹千代に申し渡した。

「竹千代殿、気の毒だが岡崎には戻れぬ。駿府へ参られよ」

雪斎の申し渡しを聞いても、竹千代は顔を伏せなかった。ほとんど表情を変えずに雪斎を仰いでいる。

――この童子の心の動きが読めぬ。

そう胸の内でつぶやいた瞬間、雪斎は合点した。誰に似ているのか分かったのだ。

――武田晴信だ！

雪斎は手を打ちたいくらいだったが、あくまで淡々と竹千代を見やっている。

「願ってもないことにございます」

竹千代の返答が聞こえてきた。これを聞いて、雪斎は竹千代の傍らに控える阿部大蔵へ眼を移す。長く親今川で通してきた阿部大蔵に言い含められたかと思ったのだが、大蔵もびっくりした顔をしていた。

竹千代が休息のために下がると、雪斎が大蔵に告げた。

「岡崎衆も法を知らねばならぬ。そのためにも竹千代殿は駿府に参るべきだ」

「仰せの通りにございます」

阿部大蔵の声音には、深い感慨が籠っていた。

天文三年に広忠の父、松平清康は横死する。そのため四方八方から反岡崎松平派の蜂起を招く結果となったが、大蔵に言わせれば清康の横死は自業自得である。三河国を統一する勢いだった清康は、己れの武勇を恃《たの》んで尾張国にまで攻め込んだのである。大蔵は懸命に止めたのだが、清康は聞かず、その結果、尾張国の守山で死んだ。前後の状況を考えれば、清康が織田信秀の謀略にはまったのは明らかだ。清康は尾張国への手引き者が織田一族の者だったにもかかわらず、これに乗って守山まで入ってしまった。「罠《わな》かもしれない」と止めようとした大蔵は、清康から「それが今川からの指示か」と一蹴されてしまった。

だが清康の三河勢は、守山で手引きを約束した織田一族から待ちぼうけを食わされたあげく、陣中の軍馬が残らず放たれ大混乱に陥った。馬の解き放ちという敵陣攪乱《かくらん》の見本のような作戦に引っかかったうえに、清康はその場で殺されてしまった。直接の下手人は阿部大蔵の息子弥七郎だったが、これはもらい事故のようなものである。

弥七郎に清康殺害の意志がなかったことは、こののち、孤児となって岡崎にいられなくなった松平広忠の伊勢国出奔に、その下手人の父である阿部大蔵が従ったことからも明らかだ。清康よりも大蔵の方が正しかったのであり、そのためか、揺れ動く岡崎衆の中で親今川を貫く阿部大蔵は、岡崎衆の筆頭として生き残り続けた。

広忠の伊勢出奔以来、一貫して阿部大蔵は駿府に助けを求め続けたが、当時の今川氏はこの二年後に起こった花倉の乱などの影響で、とても三河国にまで手が回らなかった。

そんな状態で岡崎に復帰した広忠は、たちまち西三河の紛争に巻き込まれる。阿部大蔵は親今川を貫けたが、広忠はそうはいかない事情に巻き込まれていた。伊勢国に出奔した広忠を保護したのは、吉良持広《きらもちひろ》だった。その保護を受けねばならぬほど窮迫していたことは、当事者である阿部大蔵にも分かった。だから大恩ある吉良持広が反今川となれば、これに従うしかない広忠を非難することなく、大蔵は親今川であり続けた。

しかし、己れの立ち位置を定めることさえできなかった松平広忠には、その時々での場当たり的な対応しかできない。

場当たり的な対応とは、西三河では敵の暗殺を指す。暗殺の指令を濫発《らんぱつ》した広忠は、翌天文十八年、不慮の死を遂げる。まだ二十四歳だった。

だが岡崎の実情を知っていた雪斎にとって、広忠の死は意外でも何でもない。「そのうち、やられるだろう」との予感が現実になっただけだ。

松平広忠の死を知った雪斎は、ただちに岡崎城を接収し今川家臣の城代を置く。しかし広忠の嫡子であり、岡崎の正当な後継者である竹千代は駿府に置いたまま、決して岡崎へ返そうとはしなかった。このため今川氏は岡崎衆の恨みを買うことになったが、竹千代に代わって今川氏が岡崎の統治をおこなったおかげで、竹千代は西三河の紛争に巻き込まれずに済んだ。父である広忠の二の舞を踏まずに済んだのだ。雪斎と今川氏が、竹千代と岡崎松平氏の身の上だけを案じて西三河の統治をおこなうはずがない。だが大目標である尾張国侵攻の前段階として西三河の安定を図った雪斎の策は、結果として竹千代の身に幸運をもたらすことになった。

五

岡崎城を接収した雪斎は、次に東の脅威である小田原北条氏との外交に取り掛かる。

義元と雪斎の大目標である尾張国侵攻には、今川氏の全兵力を挙げて取り組まざるを得ず、そのためには小田原北条氏との安定した関係が不可欠だった。尾張国に全勢力を挙げて進出した留守を、小田原北条氏に狙われてはかなわないのである。

ところが天文十九年に、思いもよらぬ出来事が起きる。義元の正室である武田信虎の娘が、急死してしまったのだ。

駿府館に駆けつけた雪斎が義元と密談する。

「甲府の府君（武田晴信）の出方を見極めねばなりませぬな」

「甲府からは見舞いの使者を遣わすと伝えてきた。駒井高白斎だ」

そう義元が雪斎に応じる。腕組みした雪斎へ義元が続けた。

「駒井高白斎は、大膳大夫殿《たいぜんのだいふ》（武田晴信）の腹心だ。駒井の話を聞いてみなければ、大膳大夫殿の出方は分かるまい」

「御意」

うなずいた雪斎が、意味ありげに義元を見やる。雪斎が何を言わんとしているか察した義元が、微笑してうなずき返す。

「どうしたものかな」

義元が冗談めかして言ったのは、甲府から駿府に追放された武田信虎を、この件にからませるかどうか、についてである。

信虎は追放された身とはいえ、前の甲斐国主である。甲斐国との伝手《つて》は深かったが、信虎が今川の味方になったのか、それとも武田の味方のままなのか、義元にも雪斎にも判断が付かなかったのである。

「とりあえず甲斐の大殿（信虎）をお招きして、大殿の肚《はら》を探ってみましょう」

雪斎の言葉に義元も同意して、同じ駿府館に隠居している信虎を招く。やって来た信虎を一目見て、義元も雪斎も驚いた。

ヨタヨタと入ってきた信虎は、二人に挨拶もなく、その場にへたり込む。

「大殿」と、雪斎が傍に置かれた敷皮を勧めたが、信虎は気付いた様子もない。その鋭かった眼光はぼんやりとし、その瞼には涙さえ浮かべているではないか。どう見てもその嘆きっぷりは義元たちに肚を探られまいとしての芝居には見えず、そのせいか義元が口を滑らせた。

「舅殿、いかがめされた」

言ってしまってから、しまった――と臍《ほぞ》を噛んだが、しょげ返っていた信虎の、子どものようなわめき声が返ってきた。

「婿殿はご自分の妻が死んでも、少しも悲しまれぬのか。ああ、子まで為したのに」

「あ、いや」

義元は返答に詰まった。傍らの雪斎も、いつもの機転はどこへやら、眼を白黒とさせるだけだ。

信虎が、うぉーん、と声を上げて泣き始めた。義元と雪斎は気まずげに目配せを交わす。こんな信虎に「あなたの愛娘は外交の道具でした」と言わんばかりの話を持ち掛けるどころではない。信虎を隠居館へ帰すことにして、義元と雪斎は詫び言を口ごもりながら、これを見送る。元の部屋に帰ってくると、二人は顔を見合わせ冷や汗を拭った。

義元がぼやく。

「人というものは分からんものだな」

武田信虎と言えば、かつて家中からその冷血ぶりを恐れられていた武将だった。それが実の娘とはいえ、あれほどに誰かの死を悲しむとは。

「あれは大殿の御心のひずみにござる。あのようなご気性ゆえ、甲斐国平定という大事を成し遂げながら、国主の座を追われる羽目に陥ったかと存ずる」

傍らから雪斎の言葉が返ってきた。振り返った義元へ、雪斎は続ける。

「御屋形の御心にあるのは、ただ今川家のみ。一身に今川家を背負うのが御屋形の務め。他に心を移すようでは、とうてい御屋形は務まりませぬ。大膳大夫殿とて御屋形と同じ心根のはず」

「禅師の申す通りだ」

そう答えた義元が、ふと雪斎を見やる。

――出家のままでいるのがいちばん。

義元の脳裏に、雪斎の声が聞こえてきた。

――出家だからこそ義元は無条件に信用できる。

とも聞こえてきた。

宙を仰いだまま義元が吐息を漏らしたとき、不意に注進の声が聞こえてきた。

「ただいま甲府より、武田大膳大夫様の御使者、駒井高白斎殿、御到着」

声の主は三浦左馬助だ。夢から覚めたように義元が動き出す。雪斎が、これに続く。

対面の場に二人が出てみると、そこに控えた駒井高白斎が平伏して言上した。

「御府君（義元）並びに禅師様、おそろいで何より」

「話が早い、と申したいのか、高白斎」

まぜっかえした義元へ、駒井高白斎は今川家と武田家の新たな縁組を提案してきた。

むろん、武田晴信の指示である。義元正室の死による空白を作ることなく、新たに盟約を結び直そうというのだ。

「御府君の姫君を、当家の本城（晴信の嫡子、義信）の簾中《れんちゅう》に頂戴したい」

「異論はない」

義元は即座に応じる。

「ならば、その旨、書面にして取り交わしたく」

高白斎も間を置かずに答えた。晴信が口約束を嫌うことは義元も知っている。雪斎みずからが席を立ち、誓紙の用意を整えた。

「恐縮にござる」

高白斎が雪斎に一礼する。

「なんの、愚僧、建仁寺におったころより、このようなことには慣れておる」

雪斎は事のついでのような顔をしたが、みずから誓紙の支度をしたことが、高白斎の口を通して晴信にまで伝わることを見越しての振る舞いだった。

雪斎から渡された筆を執って、義元が花押を記すと、これを拝受した高白斎が、「ただちに甲府に戻り、折り返しあるじの誓紙をお届け申し上げます」と答える。その高白斎へ、さりげなく義元が告げた。

「隔《へだ》たった甲府と駿府で誓紙の遣り取りをするのもまどろこしい。一度、甲斐の府君と差し向かいで取り交わしたいものだな」

義元の誓紙を拝受した高白斎が、わざと視線を外して尋ねる。

「我があるじと二人きりの場をお望みですか」

「いや」

義元が、はっきりと言った。

「小田原殿を含めた三人で取り交わしたい」

ややあってから、高白斎が応じる。

「仰せの向きは確かに我があるじに伝え申す」

ここでひとつ咳払いした高白斎が付け加えた。

「それがしごときの口から申し上げるのも憚《はばか》り多きことにございますが——」

高白斎が何を言おうとしているのか、義元にも雪斎にも分かった。ニッコリした高白斎が続ける。

「武田家は賛成でございます」

これで武田家の外交担当者としての任務は済んだのだが、駒井高白斎にはいま一つ、武田家臣として憂鬱《ゆううつ》な務めが残されている。

追放した武田信虎への挨拶だ。

「いまはやめておいた方がよさそうだぞ」

少しそわそわしながら義元が告げたところ、高白斎に余裕の笑みが浮かんだ。

「だいぶ御府君をてこずらせましたかな、大殿は」

よく分かったな、と素に返りかけた義元を尻目に、高白斎は面倒な挨拶はさっさと済ませるにかぎる、と席を立っていった。

二人きりになると、しみじみと雪斎が義元に言った。

「やはり、野に置けレンゲソウ――ですな」

「この駿府でならば、駒井高白斎にも舅殿を容易《たやす》く扱える――もし舅殿が甲斐国主として甲府に健在だったなら、駒井は舅殿の御顔を拝することすらできまい――ということのたとえか」

義元の解題にうなずき返しながら雪斎が、低くつぶやいた。

「あの大殿が甲斐国を追っ払われたのは、やはり大膳大夫様の御器量に敵わなかったからでしょうな」

六

小田原には、雪斎みずからが赴いた。出家の雪斎は身軽だったとはいえ、その神出鬼没ぶりには、小田原の北条氏康も驚いた。

「ほんとうに禅師みずからがやって来たのか」と、外交を担当する遠山丹波《とおやまたんば》に確認せざるを得ない。

今川氏の動向には、小田原も常に注意を払っている。

――雪斎は義元の代理として西三河に入り、岡崎松平氏に代わってその統治の任に当たっているはずだが。

西三河は紛争地域であり、その統治で手一杯のはずなのに、現れた雪斎は、西三河の戦塵《せんじん》など気振りにも出さず、禅僧の黒衣をまとって氏康と対面した。

今川氏と盟約を結ぶことに関しては、北条氏康も異存はない。だが雪斎は今川義元と、そして武田晴信と対面して盟約を結ぶべきだと主張して譲らなかった。

これには同席した遠山丹波も渋い顔になる。

雪斎が対面の場として指定したのは、駿河国富士郡の善徳寺だった。

――今川領ではないか。それも義元の出家時代からの拠点だ。

そんな条件を呑めるか、と言いたげな氏康主従に、雪斎は告げた。

「対面のおりには、薩埵峠を小田原殿の手勢にお預けいたす」

もし善徳寺で北条氏康の身に万一の事があった場合、小田原勢が薩埵峠まで進出していれば、ただちに善徳寺を襲って義元を討てるというのだ。

「刺し違えにございます」

雪斎は顔色も変えずに言った。

「我があるじは刺し違えの相手として不足にございますか」

うむ、と発したきり、氏康が返答に詰まる。否、とは言えないところに追い詰められた氏康に助け舟を出すべく、同席の遠山丹波が話を引き取った。

「禅師殿、何ゆえ直の対面にこだわられますのか」

これを聞いた雪斎に、穏やかな微笑が浮かぶ。いかにも禅僧らしいたたずまいだったが、振り返られた丹波は、心臓をつかまれたようにぞっとした。

「盟約が紙きれ一枚の重さであっては意味がありませぬゆえ」

「ええと」

なんと答えるべきか迷った丹波へ、淡々と雪斎は続けた。

「人の盟約が永久不変であるはずがございません」

そう雪斎が言いだしたため、北条氏康も遠山丹波も、かつての今川家と北条家の二人三脚ぶりを思い浮かべた。

雪斎の意地が悪いのは、そこへ誘導しておいて、まったく気づかぬふりをしているところである。

「なれど、紙切れ一枚の重さしかなくては、盟約を結ぶ意味もない」

「仰せの通りにございます」

歯切れ悪く丹波が相槌を打つ。

「ところで」

雪斎が今川義元と武田晴信の盟約について語り出した。もしこの場に先代の氏綱がいれば、結果として晴信、義元、雪斎の三人によって欺《あざむ》かれた氏綱は激怒せずには済まなかっただろうが、その氏綱の子とはいえ、自分が騙されたわけではない氏康は冷静に雪斎の話を聞いている。

――あのとき、承芳といった義元が武田晴信を信じたのは、晴信が命懸けで義元を村山に訪ねてきたからだ。同じように氏康も命を懸けるべきだ。今川義元、武田晴信、北条氏康、この三人が揃って命を懸けてこそ、三者の盟約は意味を持つ。

いつの間にか雪斎に引き付けられた氏康主従の顔を交互に見やり、けろりとして雪斎は言った。

「愚僧、ここに極楽や地獄の話をしに来たわけではございませぬ」

坊主頭を撫でた雪斎が続ける。

「人の世は有為転変《ういてんぺん》を逃れられぬもの。永久不変など求めるのは詮なきことかと存ずる。大切なのはいまこのとき――」

父祖の代に二人三脚だった今川と北条の関係は大いに悪化したが、その遺恨を水に流すのではなく、その遺恨を胸に留め置いたまま新たな盟約を結ぶべきだ、と雪斎は語っていた。

「それだけの価値があるはず」

この雪斎の言葉に、氏康主従も異論はない。

「この盟約は互いに互いを利するのみにて、三者のいずれにも損は少しもあり申さぬ」

雪斎は言い切ったが、やはり氏康主従は異論を見つけられなかった。氏康が覚悟を決めたように答える。

「承知した、禅師殿」

「有難きこと。ご承知の旨、駿府のみならず、甲府にも知らさねばなりますまい――」

「甲府と言えば」

雪斎を遮った氏康が、意趣返しのつもりで発した。

「甲府が何よりも欲しいのは――」

「海にございます。甲斐国には出口となる海がござらぬ。その甲府に最も近いのが駿河の海。良い港も多くある海こそ、何より甲府が欲してやまぬものにござろう」

先回りして雪斎に返答され、苦笑した氏康は黙り込んだ
「いま――でございます、小田原殿」

氏康には捨てぜりふのように聞こえたが、微笑を残して雪斎は立ち去っていく。その後、さらに氏康主従を驚かせる知らせが入ってきた。

三河国統治の責任者でありながら、今川武田北条の三者同盟を主導する雪斎は、上洛して後奈良《ごなら》天皇に拝謁し、妙心寺の住持に任命されたというのだ。

八面六臂《はちめんろっぴ》の大活躍と言いたいところだが、先日会った雪斎の残像に、氏康は強く心を圧迫された気がした。

「あの坊主は、きっと天狗《てんぐ》に違いない」

それが氏康の本音だったのか。

七

当日の善徳寺は異様な緊張に包まれていた。

太守と称するにふさわしい大名が三人同時に集まるのだ。その場が緊迫しない方がおかしい。

会見の段取りはもちろん雪斎が取り仕切ったが、三者対面の場に劣らず重要だったのは、三家それぞれの家臣たちの取りさばきだった。

会見に集まる三大名は、それぞれに家臣たちを連れてくる。それらの家臣たちはみな気が立っており、一触即発の気配が漂っていた。

雪斎はみずから三家の家臣たちを出迎え、三家よりそれぞれ代表を出させ、何をするにもそれらの代表を立ち会わせた。

集まった三家の家臣たちは相当な人数にのぼったにもかかわらず、闘乱の危険が高かったこの場の静粛が保たれたのは、雪斎が私語厳禁を徹底させていたからだ。

三家の代表は揃って会見の場の検分を行い、天井から床下まで調べる。その後に行われた天井と床下の封印も、三家の代表が見ている前で行われた。庭もくまなく検分されたが、曲者の潜めそうな樹木などはあらかじめ切り払ってあり、付近の見通しは良かったが、これを取り巻く善徳寺の塀は聳えるほどに高く、外部からの侵入者を阻んでいた。

検分が済むと、三家の家臣たちは、静粛を保たれた同じ場所に控える。もし侵入者があった場合、必ず発見できる場所だ。このときにも善徳寺に入るときと同様の姓名検《あらた》めが行われ、全員がこの場にいると証明された。

三家の家臣たちが息を殺して待つ間、三人の大名たちは会見に臨む。三人の礼装は将軍拝謁のさいと同じものと決められ、違うのは三人が各々の家紋を付けている点だけである。三人の控えの間は会見の間から等距離に設けられ、装束部屋となる此処も、三家の代表が立ち会って検められた。

合図の鐘が鳴る。三家の装束部屋で、今川義元、武田晴信、北条氏康の三人が、一斉に立ち上がった。この装束部屋に入れる家臣も二人きりと決められていたが、この先は一人の供も連れず、三人の大名はただ一人となって会見の間へと向かう。

三人は鐘が鳴るごとに一歩ずつ進む。会見の間に着くのは、三人同時でなければならない。

鐘の合図は三家の家臣たちが控える場にも響き渡り、期せずして場の緊張が高まった。彼らの控える場から会見の間は見えず、みな耳を澄ませて鐘の音を聞く。

鐘の音が止んだ。広い寺内が、しんと静まり返る。会見の間の周囲は襖も障子も開け放たれ、陰に潜む刺客などいないことを示していたが、あたりには人っ子一人いないせいか、ひどくがらんとした印象だ。

ようやく三人は会見の間に着いたが、みな顔を伏せたままだ。そこに相手がいるのは分かっていても、決して顔を上げたりはしない。

針を落としても聞こえそうな静寂のなか、三人は次の合図を待つ。これほど時の流れを遅く感じることはないが、三人は我慢比べのように合図を待った。

ようやく合図の鐘が鳴る。事情を知らぬ者には唐突に聞こえただろうが、三人にとっては待ちかねた合図だった。

もし顔を上げたら一目で分かるだろうが、会見の間には三角形に敷皮が置かれている。上下を付けぬ工夫がされてあり、顔を伏せたままでも座る敷皮を間違えぬよう、最も近くに敷かれた敷皮に座ればよいだけでなく、それぞれの敷皮には三家の家紋が合図として打たれていた。

伏し目がちに摺《す》り足して、三人は各々の敷皮へにじり寄る。これも息を合わさねばならず、顔を伏せた三人は、互いに相手の気配に注意を研ぎ澄ませた。

ようやく三人は同時に各々の敷皮に座す。深々と一礼した三人は、いよいよ顔を上げる。先に顔を上げてはまずいので、これにも気を遣ったが、首尾よく三人は揃って顔を上げることができた。

此処は今川領だ。義元の声音が、重々しく会見の間に響き渡る。

「ようこそ、おいでくだされました」

他の二人が会釈を返す。

すでに盟約の趣旨は決定されている。今川と武田の婚姻はすでに結ばれており、あとは今川と北条、武田と北条の婚姻が決まれば盟約は成立し、北条氏康の娘が今川義元の嫡子氏真《うじざね》に嫁ぐことなどが決していた。

だからこの場で三人が額を集めて協議することは何もない。となれば――義元が声を上げた。

「ご一同と会するのは、おそらくこれが最初で最後」

先ほどの挨拶とは打って変わった、砕《くだ》けた調子である。

「とは申せ、此処で我らが腹蔵なきところを語ろうとて、それは詮無いこと。ならば――」

義元が続けた。

「せめて一期《いちご》の思い出に、互いの顔など、しっかり拝んでおきませぬか」

「それは良い」

氏康が乗ってきた。

「まぁ、万一、いくさ場で敵味方になる日が来たとしても、大将同士が斬り合うことはありますまいて」

　これに武田晴信も応じる。

「わかりませぬぞ。なれど、もしさような仕儀に陥ったとしたなら、それは神仏の冥《みょう》加《が》に見放されたとき。となれば、落ちぶれ果てた我ら三人、互いに太刀を抜いて斬り合わねばならぬかもしれませぬ」

「面白い」

　北条氏康が心地よげに笑う。

　打って変った雰囲気の中で、三人は互いに顔を見合わせた。義元と晴信は、もう二十年近くも前のことになるが対面済みだ。

「お互いに老《ふ》けましたな」

　晴信に言われ、義元は本気でムッとする。じつは晴信よりも自分の方が男前だと思っていたのだ。ハハハ、と晴信にいなされ、義元は氏康と顔を合わせる。

「もっと、気取った方かと思っておりました」

　氏康がそう言ったのは、義元が名門の生まれであるうえに、母が京都の公家出身だったからなのかもしれない。

「気取っていられるほど、いい身分ではございませせぬ」

冗談めかして義元が応じると、氏康がかぶりを振った。

「いやいや、それがしの方こそ、いざとなれば本当に太刀打ちせねばなり申さぬわ」

三人は「いやいや」とかぶりを振り合ったが、ふと義元が他の二人を見やって問う。

「この中に土壇場の太刀打ちを為す人は、はたしておりましょうや」

そう口にした義元が、少しびっくりした顔になる。自分でもなぜそんなことを言ったのか、分からなかった。

「さて」

また三人は互いに顔を見合わせる。ややあってから武田晴信が言った。

「土壇場かどうかは別にして、太刀打ちの強さが評判なのは治部太輔《じぶのだゆう》殿（義元）かと存ずる」

「いやいや」

へりくだってかぶりを振った義元は、まだ先ほどなぜあのようなことを言ったのか、己れの心を探っていた。曖昧模糊《もこ》とした不安の中で、思い知らされるように義元の心はつぶやいていた。

――おれは戦国大名だ。みずから望んでそうなったのだ。

その間に一座は誓紙交換に移る。この場に三人の総大将が集まったことそのものが、何よりの誓約の証だったが、たとえ形式であっても誓紙交換は欠かせず、また武田晴信のように書面にこだわる大将もいた。

誓紙交換の世話役も三家より出された僧侶が務めたが、署名も年齢順とあらかじめ決められており、滞りなく誓紙交換も済んだ。

これで予定の行事は全て終了したが、ここで北条氏康が予定にないことを義元に告げた。

「治部大輔殿、ついでと申しては恐縮にござるが、いま一度、禅師殿に会っておきたい」

「承知いたした」

予定外の事を義元がすぐに受け合ったのは、雪斎こそがこの善徳寺の会盟の主導者であると、北条も武田も周知だったからだ。

「禅師に此処へ参るよう伝えてくれ」

義元の指図に応えて姿を現したのは、三浦左馬助だった。三人の大将から離れた場所に控え、大声で告げる。

「護国禅師、すでに三河国に向け発ち参らせて候」

これを聞いた北条氏康が、心の中でつぶやく。

——あの坊主、やはり天狗だったか。

八

三国同盟が結ばれた翌天文二十四年、武田晴信からの援軍要請が、駿府の今川義元のもとに届いた。

いま武田晴信は北信の川中島の辺で、越後の長尾景虎《ながおかげとら》（上杉謙信《けんしん》）と対峙しているという。このような場合、今川家では義元の代将として太原雪斎が赴くのが通例となっていたが、いま雪斎は西三河だ。

「予がみずから参ろう」

そう義元が決めたのは、武田の北上戦略を己れの眼で見ておくことのほかに、同盟の遵守を天下に示す狙いもあった。天下最強の三国同盟の示威運動であり、この同盟には何者も手出しできないことを見せつけるためである。

それに義元には武田晴信に借りがあった。あの花倉の乱に勝ち抜くことができたのは、晴信のおかげでもあり、その借りを返さないままでは、今川の名が廃《すた》る。

そこで義元は数千の今川軍をみずから率いて北信濃に出陣したのだが、出迎えた武田晴信を一目見て内心おどろいた。

ほとほと困り果てた顔をしていたのだ。もともと晴信は困ったような顔で、その風《ふう》采《てい》は少しも上がらなかったが、初めて村山で会ったときも、先日善徳寺で会ったときも、その冴えない風貌の下に驚くほど巧みに本心を隠していた。

雪斎はいま一人似た者を知っていたが、義元はこれほど本心を見せぬ武将には会ったことがなかった。その晴信が困惑を隠しきれぬ顔をしている。

さりげなく事情を訊いてみたところ、どうやら越後の長尾景虎が原因らしい。

「いやぁ。参り申した」

そう晴信は溜息をついてみせた。

川中島付近での長尾景虎との対峙は、二年前から始まっていたが、これが晴信にとって、とんだ計算違いだったというのだ。

武田晴信ほど冷徹で客観的な武将は他におるまい。たとえ関東入りが武田家長年の宿願であったとしても、国力が整わないうちにこれを実行すれば、武田家は滅びると考えていた。だから関東入りを強行しようとした父の信虎を追放したのである。

関東入りは国力がなければできない。同様に甲斐国にない海と港は、すぐ近くの駿河にあったが、これまた国力が弱ければ、宝の持ち腐れになるどころか、下手に手を出せば今川の反撃を受けて武田家の致命傷になると考えていた。

だから晴信は今川、北条と三国同盟を結んで、信濃国を目指したのだ。信濃国は大きい。甲斐国の何倍もある。大きいだけでなく、穀倉地帯もあれば交易地もあった。しかも信濃国は南北で文化が違うせいか、一国どころか半国を束ねる大名すらいなかった。

まず諏訪地方を手中に収めた晴信は、次に川中島付近に眼を付けた。ここは犀川《さいがわ》と千曲川《ちくま》の合流地点で、諏訪地方をはるかにしのぐ穀倉地帯であるばかりでなく、海と山の物産を交易する場でもあった。

このとき晴信の念頭にあったのは、越後国の長尾景虎である。晴信が北進策を進めていけば、やがて越後国境に至る。となれば越後の長尾景虎を刺激する恐れがあった。ただし川中島から越後国境までは距離があり、すぐには関係が緊張するとは考えにくかったが、それでも慎重な晴信は長尾景虎が関東から上杉憲政《のりまさ》を受け入れるまで待った。

上杉憲政を受け入れたということは、景虎の眼は関東に向いているということだ。上杉憲政を関東から追放したのは北条氏康であり、晴信は「三国同盟を結んでおいてよかった。長尾景虎は北条氏康に任せた」と、北信濃への進軍を開始し、付近の国人衆を追放した。

　ところが此処で越後の長尾景虎が北信濃に出てきたのである。初め晴信は景虎の目的を牽制だと思った。牽制ならば想定内だ。もし晴信が北進策を続ければ、やがて越後との国境に至るのだから。

　だが長尾景虎は本気で戦いを挑んできたのである。晴信は戸惑わざるを得ない。長尾景虎は北信の国人衆を追放した晴信の不義を鳴らしている。確かに追放した国人衆のうち、高梨《たかなし》氏は長尾氏の縁戚だったが、北信の国人衆の中心といえば、やはり村上氏（当主は村上義清《よしきよ》）だ。村上氏だけで他の国人衆を全て合わせたくらいの大きさがある。

　その村上氏と長尾氏は仲が悪い。過去には領土争いまで起きており、長尾景虎には村上義清を助ける義理など全くないはずだ。

　ならば関東をあきらめたかといえば、そうではなく、保護した上杉憲政の養子に入って関東管領になるつもりらしい。

　関東入りに全力を傾けなければならない長尾景虎は、敵といってもいい村上義清を助けるために、二正面作戦に挑んできた。それもやむなく巻き込まれたのではなく、みずから飛び込んできたようなものだ。

しかもこの長尾景虎、変人なだけだったならいいが、合戦はめっぽう強いのである。八千の兵を手足のように動かす景虎の越後勢と、まともにぶつかれば大けがになりかねなかった。

変なのにからまれちゃったなぁ——と顔に書いてある晴信に、義元が請け合った。

「大膳大夫殿、この義元にお任せあれ。講和をまとめてご覧に入れる」

両軍の対峙はすでに二百日にも及び、兵站《へいたん》線の長い武田方は疲弊しきっていたが、長尾方とて景虎が川中島に貼りついている間に、あちこちできな臭い事変が起きている。景虎とて体がいくつもあるわけではなく、面目を重んじる景虎にとって、今川義元のような有力大名の仲介は渡りに船だったといえよう。

義元が双方に講和の条件を提示する。犀川を境に北を長尾方、南を武田方とする案で、落としどころを踏まえた案だった。ただしこの案だと、晴信が標的とした善光寺(交易の中心地)は犀川の北にあって長尾方となり、景虎が奪回を宣言した旧村上領の多くが犀川の南にあって武田方となったため、紛争の火種を残したままの決着であった。

だが武田晴信は今川義元のおかげで、ようやく長尾景虎から解放された。たとえその場しのぎの講和であっても、それは義元の責任ではなく、身動きが取れなくなっていた晴信は、義元に救われたのだ。

義元もこれで晴信に借りを返せただけでなく、天下に名を売ることもできた。

講和を成功させた義元は急ぎ駿府へ帰還したが、その途次《とじ》、意外な男の訪問を受けた。

山本菅助である。

人目を憚るように夜陰に紛れてやって来たが、相変わらずの異能ぶりを発揮して、義元本陣を厳しく警固している家臣たちの誰にも見つからずに、ふらりと義元の寝所に姿を現した。

そこに菅助が座っているのに気づいた義元が、クスクスと笑う。

「いたずらはたいがいにせんか。おれは菅助に出し抜かれた警固の者どもに腹を切らせたくない」

「ところが御曹司、いたずらでは済まぬことが起きましたのじゃ」

「何事か」

かつて御曹司と呼ばれていたところに返って、ざっくばらんに義元は聞き返す。

「禅師殿が亡くなられました」

菅助の言葉を聞いた義元に、怪訝な表情が宿る。菅助が密かに来訪した目的を勘違いしていた。川中島における武田晴信と長尾景虎の軋轢《あつれき》に今川家が関わる裏情報が含まれていたのか、と思ったのだ。

抜け落ちた表情になって、義元は菅助の顔を見やる。

「元気そうだったのに」

無駄と分かっていても、言わざるを得なかった。

「御屋形」

今度は義元を、そう呼んだ。

「この先はお一人ですぞ」

気が付くと、そこに菅助の姿はなかった。

九

太原雪斎の死は、天文二十四年あらため弘治元年閏《うるう》十月十日のことである。場所は駿府でも西三河でもなく、駿遠国境の近くの長慶寺（現・藤枝市）だった。

此処は東海道の通り道で、駿府と西三河を往復するさい雪斎は必ずこの場所に宿を取ったというが、十九年ぶりに此処を尋ねた義元は、否応なく花倉の乱を思い出した。

この付近はかつて玄広恵探と福島衆の領地だったのだ。あの花倉城も遠くない。

――あれはもう十九年も前のことか。

その想いを胸に長慶寺に駆けつけると、雪斎の棺が安置された間は、大勢の僧侶と今川家臣でごった返し、祭りのような騒ぎだった。燦然《さんぜん》と輝く金ぴかの法具があふれんばかりで、どこに棺があるのかもわからない。

一人きりで雪斎の死顔と対面したかった義元は、その有様を見て、むかっ腹が立ったが、義元に気づき一斉にひざまずいた僧侶と家臣へは、そんな気振りも見せずに重々しく告げた。

「みなの者、苦労である」

その義元の言葉を聞くや、僧侶も家臣も「御屋形の御前」でいいところを見せようと、さらに張りきって喧騒を増す。

うんざりした義元の周囲がようやく静かになったのは、宿所の長楽寺に入ってからである。それまでとは打って変わった静寂に包まれ、落ち着きを取り戻したせいか、義元はあることを思い出した。

――この寺で禅師と仁和寺の僧侶と三人で、歌会を開いたことがある。

あれはまだ義元が承芳といったころである。当時の義元にとって京都の貴顕《きけん》との顔つなぎの場である歌会は最も重要な社交で、在京のおりなど公家や僧侶との歌会が仕事のようなものだった。

「やれやれ」

義元は声に出してつぶやいてみる。苦笑いが浮かんだのは、じつは承芳といったころから、義元は歌道が苦手だったのである。

「あのおりも」

いままで思いだしたこともない、この長楽寺での歌会が、鮮やかによみがえってきた。

確か庭には梅の花が咲いていたはずだ。三人はその梅の花を愛でて一首詠んだのだが、歌が苦手な義元は、いつも雪斎に代筆させていた。そのときも義元は傍らの雪斎に、手持ちの短冊を渡したのだが、あの仁和寺《にんなじ》の僧侶——尊海《そんかい》といった気がする——に、あからさまに非難されたのだ。

見て見ぬふりをされないことに、承芳といった義元はびっくりした。びっくりした次に、じつは喧嘩っ早い義元は、席を蹴りかけて雪斎に止められた。

あのとき、義元は初めて雪斎の非凡さを見た気がする。雪斎は義元が幼少のころからの師僧だったが、いつも穏やかに見えた雪斎は学者のようだった。

だが、あのときの雪斎は違った。

「まぁまぁ」と微笑を浮かべて仁和寺の僧侶をなだめていたが、その横顔は般若《はんにゃ》のように怖く、いきり立ったその仁和寺僧が、あっという間におとなしくなってしまった。

その雪斎の死の詳細を、義元は山本菅助から聞かされた。

――禅師殿のご最期は誰も見ておりません。お泊りになった禅師殿が、翌朝いつもの刻限になっても起きてまいられませぬゆえ、寺の者が不審を覚えて禅師殿の寝所をうかがったところ、禅師殿は前夜のままの姿で冷たくなられておられました。ご最期を見届けたのは、禅師殿の愛猫だけにございます。おそらく禅師殿は敷皮に座したまま、うつぶせに倒れ伏したものと思われますが、その傍に禅師殿の愛猫《あいびょう》がおったそうです。

義元は雪斎が猫を飼っていることも知らなかった。小さく溜息をついた義元が、ふと顔を上げる。板戸の向こうから、乱れた足音が近づいてくる。

「御屋形」と、板戸の向こうから聞こえてきた。三浦左馬助の声だ。いつもと違って声が裏返っていたが、「入れ」と発した義元に応じて参上した三浦左馬助は、一匹の猫を抱きかかえていた。

雪斎が飼っていた猫だ。人に慣れたおとなしい猫だと聞いていたが、左馬助とはよほど相性が悪いらしく、猫は左馬助を嫌がって四肢をじたばたとさせ、顔に二つ三つひっかき傷をつくった左馬助が、しゃがれ声で義元に告げた。

「こ、この猫にございます」

左馬助の腕から解放されたとたん、猫はおとなしくなって義元の顔をじっと見やる。顔も目もまるい愛嬌のある猫で、白と茶のぶちの毛並みはつややかだった。

一目で大事に飼われていたとわかる猫だったが、雪斎はこの猫を駿府と西三河を往復するさいにも連れていたという。

じっと義元の顔を見やった猫が、のっそりと義元の膝の上に乗ってきた。膝の上に安住してしまった猫を、義元はしばらく眺めていた。そっと指先で触れるように猫の頭を撫ぜた義元が左馬助に告げる。

「禅師の忘れ形見だ。大切に飼ってやれ」

これを聞いた左馬助が、ぎょっとして後ずさる。見れば、義元の膝の上の猫も、毛並みを逆立てて左馬助を威嚇《いかく》しているではないか。さすがの義元も苦笑をこらえきれなかったが、左馬助に言ってやった。

「左馬助に飼え、とは言っておらん。良い飼い主を見つけてやれ、と申しておる」

これを聞いた左馬助が、安堵の溜息をつく。だが義元の膝の上に猫を置いたまま退出するわけにはいかず、左馬助は侍所に向かって「出会え」と呼ばわった。

「心得たり」

打てば響くような返答が、声を揃えて返ってきた。たちまち十数人の近習たちが、足並みを揃えて義元の御前に伺候する。

――この者どもならば、相手が菅助であっても簡単に抜かれることはあるまい。

引き締まった面持ちで居並ぶ近習たちを義元は頼もしげに眺めたが、彼らの方は左馬助から義元の膝の上の猫を指さされて、拍子抜けしてしまった。猫を軽々と受け取った近習が、いつも厳粛な左馬助をからかうようにささやいた。

「左馬助殿の前世は、鼠《ねずみ》だったのかもしれませぬな」

赤面した左馬助が、咳払いしながら義元に一礼し、そそくさとその場を後にする。近習たちとともに侍所に戻っていく左馬助の声が、義元のもとまで聞こえてきた。

「やれやれ、禅師殿の忘れ形見のおかげで、この左馬助、前世が鼠と知れたわ」

その夜、義元は夢を見た。これまで一度も見たことがない、花倉の夢を。

夢に出てきたのは、亡父氏親の葬儀の場である。亡父が死んだとき、義元は八歳、花倉は十歳だった。

すでに二人は出家しており、彼らの席は喪主の氏輝や重臣衆から離されていた。目の前に黒々と達筆の位牌《いはい》が据えられていたのを、当時承芳といった義元はよく覚えている。

夢でもその位牌は、黒々とした達筆で、そこにあった。だが義元と花倉は、八歳と十歳ではなかった。夢に出てきた花倉は、花倉の乱で死んだころの姿だった。夢の主である義元は、おそらくいまの三十を超えた義元だったのだろう。

「花倉殿」

こちらに横顔を向けた若者の花倉に、義元は呼びかけていた。

あの葬儀のとき、十歳だった花倉は、行儀よく承芳に横顔を向けていた。他の親族重臣たちから離されていた承芳は花倉と二人きりで、その異母兄の横顔を見ると承芳は安心した。

だが夢の中の花倉は、何度義元が呼んでも、横顔を向けたまま、こちらを振り返らないのである。「花倉殿」と呼び疲れて、義元は眼を覚ました。

雪斎が死んだ夜に、義元は花倉の夢を見た。

「禅師はおれの代わりに花倉の夢を見てくれていたのだ」

このとき義元は雪斎を失った意味を思い知った気がした。

十

太原雪斎は後奈良天皇から禅師号を賜った僧侶だから、その死の一報を受けて勅使の一行がやって来る。同盟を結ぶ武田家や北条家はもちろん、将軍家からも京都五山からも弔問の使者がやって来た。

その応対に暇《いとま》のなかった義元だったが、彼が雪斎のいない不便さを痛感したのは、その葬礼行事が一段落したあとだったのかもしれない。

三河国の領土化はまだ終わっていなかったのである。すでに西三河を代表する岡崎松平氏の岡崎城は雪斎の働きによって接収されていたが、これをもって西三河の完全な平定とはならなかった。

奥三河を含めた西三河は国人衆の乱立する紛争地帯だったが、それらの国人たちの多くは山賊まがいの輩たちで、まともな勢力基盤などなかった。

だが、それだからこの連中は厄介《やっかい》だったのである。ふつう国人はその本領を失うと、滅んだも同然になるのだが、西三河の国人たちは違う。彼らは本領を追われると、本物の浮浪山賊となって付近を荒らしまわるのである。おまけにその輩たちを助ける者がいた。尾張国の織田氏である。西三河の治安を攪乱《かくらん》するこの連中は、織田氏から資金援助を受けているだけでなく、今川方の追跡を受ければ織田領に逃げ込んだのだ。

尾張国と国境を接した西三河の治安が安定しなくては、尾張侵攻などおぼつかない。尾張国に侵攻すれば、その最前線となるのは西三河なのである。

今まで西三河統治の全権は雪斎だった。雪斎に代わって複雑な西三河の統治が行える者はおらず、義元はみずから三河国に出向くほかなかった。

三河国の統治の難しさは、乱立する国人それぞれの立場を見極めて、それぞれに合った策を施し、これらの有象無象の輩どもを操縦していかなければならない点にある。

破産に瀕した輩には、首尾よく敵の攻略に成功したあかつきに、当地の寺院に制札(略奪の禁止)を出す権利を与える。この時代の寺院は商工業を握っている場合が多く、これらの寺院に制札を買わせれば大金になった。

織田氏との関係が深く反今川を書面で証明できる国人に対しては、その国人に負債を負う者をけしかける。敵であることが明白な相手を攻め滅ぼせば、借りた金は返さなくて済むからだ。

西三河の地盤かためにに奔走しながらも、雪斎の眼は国境を越えた尾張国内にも向けられていた。国境付近を本領とする尾張国人であり鳴海《なるみ》城主の山口教継《のりつぐ》の調略がそうだ。

織田氏の傘下にあった山口教継だったが、国境付近を本領とする山口にとって、今川と織田の抗争は迷惑以外のなにものでもなく、京都の講和策に乗って両者の調停に努めた時期が山口にはあった。

けっきょく調停は実らず、今川と織田の緊張関係は解けることはなかったが、雪斎は調停に奔走した山口の失望を見抜いていた。

山口教継に接触した雪斎は、調停失敗の原因を全て織田方のせいにして山口を丸め込み、今川方に寝返らせた。その後、ただちに山口から鳴海城を取り上げ、山口を跡取り息子ともども駿府に送ってしまい、鳴海城には今川家臣を城代として赴任させた。

戦略拠点となる支城に、一門直臣を送り込むやり方は、義元の亡父氏親が北条早雲から教わった。

——決して地生えの国人をそのまま置いてはならない。息のかかった者を送り込んで、直接に支配しなければ、その城を取ったことにはならない。

早雲の教えが伝わったのは、早雲を祖とする小田原北条氏だけではなかった。今川氏にも同じ教えが伝わっていた。

義元も早雲には感謝の念しかない。義元は早雲と会ったことはないが、亡父氏親が今川家を無事に継げたのは、早雲の力があったればこそだ。

今川義忠（義元の祖父）の横死によって、取り残された遺児となった当時の今川龍王丸（のちの氏親）を救ったのは、伊勢新九郎といった北条早雲だった。小鹿範満を押し立ててきた関東派の圧力を巧みにかわした早雲だったが、彼は家督代行となった小鹿範満が簡単に家督を龍王丸に返すはずがないと見抜いており、二度目には傭兵隊長として駿府に乗り込み、小鹿範満の不意を襲ってこれを斃してしまった。

小鹿範満討滅のさい、早雲の傭兵隊の中で、最も働いたのは福島衆だった。亡父氏親は終生その功績を忘れなかったが、その福島衆が花倉の乱では、氏親の忘れ形見である義元に牙を剥いてきたのである。

禅師の忘れ形見が猫だけで良かった――とは、密かに想うことすら、義元には心苦しい。だから義元はその想いが心に兆すたびに懸命に打ち消してきたが、雪斎は知っていたからこそ、還俗を拒み家を持つことを拒否したのだろう。

いかに胸の内で打ち消そうが、当の雪斎は義元の心を知り抜いていた。それは難しいことではなかったのかもしれない。現実から眼をそらさなければ、誰にでも見えたのかもしれない。

義元は雪斎の跡をたどるように西三河に入る。三国同盟のおかげで東の小田原北条氏の脅威がなくなった義元は、三河国の平定に専念できたが、最も不便を感じたことは、意外にも三河国人衆の統治ではなかった。

その方面は雪斎が先鞭《せんべん》をつけておいてくれたおかげで、徐々にではあるが捗《はかど》っていったのである。とりわけ岡崎松平氏については、雪斎が駿河国の分国法を岡崎に持ち込んで岡崎衆を教育し、さらに人質に取った松平竹千代を今川氏の武将のように仕立て上げたため、来たるべき尾張侵攻の先鋒となる目途が立った。

そんな義元だったが、雪斎とは同じにいかない点が一つあった。身軽さが全然違ったのである。雪斎は岡崎を拠点としていたが、そこに腰を据えることはほとんどなく、東三河まで含めて全土を飛び回って各地の紛争を調停していた。その日、どこにいるのか義元も知らなかったほどである。

だが義元はそうはいかない。雪斎とは比べものにならない厳重な供廻りを付け、宿泊地の警備も厳重極まりなかった。義元の三河入りは、ほとんど出陣と変わらなかった。

そうなってしまうのは、義元が今川家の総大将だったからだ。いかに全権を委ねられていたとはいえ、雪斎は義元の代理だった。暗殺が横行する三河国でも、代理の禅僧が命を狙われる心配はまずない。

　義元が自ら出馬すれば、ほとんどの紛争はすぐにかたが付く。荒くれの三河衆を恐れ入らせる威望《いぼう》が義元にはあったが、いかんせん雪斎のような迅速さは望めず、三河平定の速度は鈍ってしまった。

第三章　弓取りのいくさ

一

織田領であるはずの尾張国も、三河国との国境が近くなると様相が変わってくる。

此処から遠望できる鳴海城は、すでに今川氏の支配下に入り、虎視眈々《こしたんたん》とその先を狙っていた。

その先――西の清洲城の方角からやって来た二騎も、鳴海城に見つからぬよう、用心深く丘陵の陰を選んで進んでいる。

清洲城主の織田上総介信長《かずさのすけのぶなが》と、近ごろ織田家に仕えるようになった木下藤吉郎《きのしたとうきちろう》だ。

信長はこの付近に土地勘があったが、案内役に木下藤吉郎を連れたのは、もともと、はたらき者だった藤吉郎が、いくさの臭いを嗅ぎつけてこの近辺に集まってきた輩どもに、詳しかったからだ。

「鳴海城の召し抱えは雑兵ばかり。今川はあまり地元の者を信じておらぬようですな、当然といえば当然ですが」

あたりを憚る小声で藤吉郎が告げたとき、その藤吉郎の配慮を台無しにするようなどら声が、主従に向かって降ってきた。

「おぉぉぉい！」

声のした方を見やれば、かぶいた身なりで腰に朱鞘《しゅざや》の大刀をぶち込んだ、むかしの信長のような恰好の者が、こちらに向かって大手を振っているではないか。

「あれじゃあ、鳴海城から丸見えだ」

眉をひそめた藤吉郎が傍らに乗馬する信長をうかがったところ、その傾奇者《かぶきもの》を睨み据えていた信長が、いきなり手綱を引っ張り馬首の向きを変えた。いきなりだったもので、急回転した信長の馬をあわててよけた拍子に、藤吉郎はもんどりうって馬の鞍から転げ落ちる。したたかに打った腰をさすりながら起き上がった藤吉郎の耳に、信長の怒鳴り返す声が聞こえてきた。

「犬千代（前田利家）、うぬは馘首《くび》だ、と言ったはずだ」

こちらに大手を振っている傾奇者に向かって怒鳴っていた。だがその傾奇者は信長が自分に気づいたことを知るや、馬上で躍り上がるように叫ぶ。

「待ってくれぇぇぇ」

「馘首だ、馘首だ、馘首だ」

信長が凄い勢いで怒鳴ると、ようやくその傾奇者は馬を止めた。乗馬しているのに足が地べたに付きそうな大男だ。そのかぶいた大男が、柄が丸太のように太い槍を、これ見よがしに担いでいた。そのえらそうな態度にむかっ腹を立てた信長が、声高に叱りつける。

「この横着者めが。首を斬られなかっただけでもありがたく思え」

「殿、了見が狭すぎますぞ。この前田犬千代ほどの者は、天下に二人とはおらぬはず」

「黙れ！」

信長と犬千代の遣り取りを聞いていた藤吉郎が、腰をさすりながら信長の乗馬に近づき、その手綱を取ってとりなす。

「殿、犬千代殿を御赦《ゆる》しになっては」

「黙れ、猿！」

信長は藤吉郎をも怒鳴りつけた。すぐに引っ込んだ藤吉郎だったが、可笑しそうにつぶやく。

「イヌとサルか。これでキジまで揃えば桃太郎――」

ここで信長がじろっと振り返ってきた。聞こえたかなと、とぼけた顔になった藤吉郎に面と向かって信長が発した。

「誰が桃太郎だ」

素早く藤吉郎は切り返す、満面の笑みで告げた。

「もちろん殿におわす。今川という鬼を退治なさる桃太郎」

にぎやかに呼ばわったが、信長はもう聞いていなかった。

「さっさと馬に戻れ、藤吉郎」

鳴海周辺の探索を続けるというのだ。急ぎ馬の鐙に足をかけた藤吉郎に、信長の声が届いた。

「イヌはこの場に置いてきぼりだ。サルだけ付いてまいれ」

二

三河国を平定したころから、今川義元は「東海一の弓取り」と、天下に称されるようになった。通り名として奉られるには、これ以上のものはないが、それでも義元は雪斎との約束を忘れなかった。

——その名乗り、受けるのは、尾張国を取ってからだ。

天下の檜《ひのき》舞台である東海道のあるじを名乗るには、大国の尾張を取ってこそ——と義元は心中深く期していた。それは雪斎の遺志を受け継ぐことでもあり、三河平定を終えた義元はその畢生《ひっせい》の大業に乗り出そうとしていた。

一方、尾張三河国境にあって、迫る今川の足音を感じていた織田信長が、供に連れた木下藤吉郎に告げていた。

「治部大輔（今川義元）は、東海一の弓取り、と呼ばれているそうだな」

「なんの、尾張国に殿がおわすのに東海一の弓取り、などとはおこがましい」

調子よく藤吉郎は応じたが、鳴海城から見下ろされぬよう丘陵の陰に隠れて馬を進める信長は、手にした竹筒を藤吉郎に投げつけ吐き捨てた。

「もうちっと気の利いたおだてをほざけ」

竹筒を器用に受け止めた藤吉郎が、下馬してこれを捧げ返そうとしたところ、信長は手のひらを藤吉郎に向かって構えてきた。

「構わん、投げ返せ」

そちらの方が受け止めるより難しかったが、藤吉郎は難なく信長の構えた手のひらに竹筒を投げ返す。中の水をあおった信長が、丘陵の陰から垣間見える鳴海城の櫓へ視線を投げて言った。

「藤吉郎のほざく『尾張の殿』は、尾張国内にお出ましになるにも、何年か前までこちらの味方だった城の陰に隠れながらこそこそと進まねばならぬ有様だ。こんな真似を治部大輔がすると思うか。やはり、世間の口は正しい。治部大輔は『東海一の弓取り』であり、おれは『尾張のうつけ者』だ」

信長の表情をうかがった藤吉郎が、呑み込みよく拝聴の姿勢をとる。ここでうっかり口を挟もうものなら、信長の癇癪玉《かんしゃくだま》が破裂し、二、三発殴《なぐ》られるくらいでは済まないだろうが、そんなへまをやらかす藤吉郎ではない。気持ちを昂《たかぶ》らせた信長に向かって耳を傾ける。信長の甲高い声が、その耳に響いた。

「だが『尾張のうつけ者』が『東海一の弓取り』を討ち取れば、天下の評判は一晩で変わる。合戦は敵の領土を奪い、敵の財を奪うためにするものだが、このたびの合戦で奪うのは名声だ。領土など一片も取れなくたっていい。取る必要がないのだ。天下の評判が定まれば、『尾張のうつけ者』が手を砕いて取る五倍十倍の領土を、五分の一、十分の一の労力で取ることができる」

藤吉郎が「なるほど」と、軽く手を打ってみせる。少しあざとかったが、聞き上手な藤吉郎を相手に話すことを、信長は好んだ。

「とはいえ『尾張のうつけ者』が『東海一の弓取り』とまともに戦っても勝ち目はな

い」

「殿、いかなる策を用いますや」

間髪入れずに藤吉郎が合の手を入れる。

「奇襲だ」と信長は答えた。

「そんなことはわかっている、と世間の奴ばらは抜かすだろうが、奇襲ほど用意周到にやらねばならぬ策はほかにない」

信長がうそぶく。藤吉郎が大げさにうなずきかけたとき、主従の間にまたどら声が響いてきた。

「待ってくれぇぇぇ」

「しつこいな、あのイヌは」

吐き捨てた信長の表情が一瞬やわらぐ。気づかぬふりをした藤吉郎が、何食わぬ顔で探り針を垂らしてみる。

「殿、そろそろ犬千代殿を御赦しになられては」

「だめだ」

にべもなく信長は答えた。素早く話を引っ込めて首を垂れた藤吉郎へ、信長が付け加えた。

「いま犬千代を赦せば、あ奴、また同じことをやらかすだろう。今度はあ奴の首を斬らねばならなくなる」

三

甲府の冬は寒さが厳しい。躑躅が崎の館にも凍り付くような日が続いていたが、駒井高白斎が急ぎ武田晴信のもとに伺候する。永禄二年が明けたばかりのころだ。

取次なしに晴信のもとに伺候できるのは、よほどの腹心にかぎられ、他の者は相当な大身であっても、晴信の近習から「御屋形はいま厠《かわや》にございます」と言い渡される。たとえ武田一門の重鎮であっても、厠にまで押しかけるわけにはいかず、晴信が出座するまで待つしかない。

いきなり家臣に押しかけられるのを嫌った晴信は、たいてい厠にいた。厠だが居間のように畳が敷かれているうえに、その床下は排便した糞尿を洗い流せる樋《とい》が通してあり、晴信の合図がありしだい、ただちに湯殿の水を樋口へ流すのも近習の役目の一つだった。

だが駒井高白斎は、直に晴信の寝所まで伺候できる。寝所の板戸を叩いたところ、中から眠そうな声が返ってきた。

「おう、高白斎か」

「御屋形、お耳にお入れした上で、御赦しをいただきたき件が」

外から高白斎が用件を伝えると、

「入れ」と応じた晴信が、高白斎が板戸に手をかけるや、「ちょっと待て」と少し泡を食ったように付け加えてきた。

「高白斎、予は寒いぞ。板戸は開けっ放しにするな。すぐに閉めよ」

入口で勿体《もったい》ぶったお辞儀などしなくていい、という意味だ。高白斎が外の寒気が入らぬよう素早く板戸の開け閉めを行って中に入ると、目の前に巡らされた屏風にぶつかりそうになった。その屏風は転法輪三条家からの嫁入り道具であり、中国の有名な書家の漢詩がしたためられてあったが、晴信にとってその屏風はひたすら寒さ避けだった。

巡らせた屏風の中に晴信がいる。丸めた背中に綿入れを掛け、炭櫃《すびつ》を抱くようにしていた。その晴信の背中に、高白斎は言上する。

「明後日、それがし、恒例の年頭挨拶のため駿府へ発ち申す」

「うむ」

晴信の眠そうな声が返ってきた。

「じつは当家の年頭挨拶の供をしたいと願い出た者がおりまして」

「誰だ、それは」

「織田掃部助《かもんのすけ》にございます」

晴信の背中が黙り込んだ。その晴信の背中を仰いで高白斎は返答を待つ。ややあってから聞こえてきた。

「その掃部助とやら、駿府の府君に拝謁を望んでおるのか」

「いえ」

今川義元の顔を見たい、とは言っていなかった。

「そうか」

拍子抜けしたような晴信が「ならば、構わん」と応じる。だが、そののんびりした背中が、不意に高白斎を振り返ってきた。聞き忘れたといった調子で、急き込んで尋ねる。

「そういえば、あの掃部助、この甲府に来たのはいつだ」

「十年ほど前にございましょうか」

やや戸惑ったように高白斎が答えると、晴信の沈黙が深まった。さりげなく高白斎が主君をうかがったところ、晴信は高白斎を見ていない。その場に控えた高白斎の耳に、晴信のつぶやき声が聞こえてきた。

「十年か」

ひどく重い響きであった。

「まだあの小せがれ、織田の家督を継いだばかりの頃だ」

織田掃部助が甲府にやって来たのは、織田信長が亡父信秀の死による混乱に巻き込まれていた最中だった。当時の信長には実弟信行《のぶゆき》という有力な対抗馬がおり、亡父の跡を無事に継げるかどうかも分からないときだったはずだ。

「にもかかわらずあの『尾張のうつけ者』は、この甲府に掃部助を送り込んできたのだ」

独語した晴信は、ようやくまだその場に高白斎がいるのに気が付いた。

「下がってよい」

そう命じた晴信が、高白斎に付け加える。

「織田掃部助は客分とはいえ当家の家臣ぞ。敢えてその素性の詮索には及ばず」

釘を刺す言い方に他意が含まれている気がして、高白斎の表情に緊張が宿る。

「承って候」

一礼した高白斎の眼に、また晴信の背中が映った。元通り綿入れをかぶって丸まっていたが、高白斎が退出しようとした板戸から寒風がどっと吹き込んできても、屏風の向こうは沈黙したきりだった。

駿府に入った駒井高白斎は、まず三浦左馬助と対面する。年頭使の交換は両家の恒例行事であり、駒井高白斎にとっても三浦左馬助にとっても手慣れた仕事の一つだった。

「御承知のことかと存ずるが、十三日は当家の歌会始《うたかいはじめ》。高白斎殿のご臨席をたまわれば幸甚かと存ずる」

あらたまってはいるが、左馬助の口上も、どこか砕けた調子である。

「いやいや、この不調法者などが歌会の御席を汚し奉っては、御屋形様のお叱りを受け申そう」

やや思わせぶりに高白斎が頭をかいてみせたのは、かつてと歌会の雰囲気が変化したせいである。

「まぁ、おっしゃる通りではございますが」

やや歯切れ悪くはあっても、左馬助も高白斎と同じ表情をしてみせた。歯を見せて笑うのははしたないので、ともに含み笑いを漏らしたのである。

一月十三日の歌会は今川家当主の主催と決まっていたが、いまこれを主催しているのは義元ではない。義元の嫡男氏真《うじざね》である。

雪斎が死んだころに義元は家督を氏真に譲った。むろん今川家の総大将は義元のままだったが、義元は氏真に当主の修行をさせようと考えたのか、まだ四十にもならないのに家督から退いた。

義元が家督を退いたのには、三河尾張の平定に専念したいとの考えもあったのだろうが、跡を継いだ氏真は父と違って歌道にはうるさかった。

それまで今川家の歌会始は形式に過ぎず、催されること自体が目的だった。元旦の行事と同じで、この日を無事に迎えられたことを今川の父祖に感謝するために催されていたのだ。

ところが氏真が家督を継いでから、歌会始はみずから研鑽した歌を披露する場となった。下手な歌を詠もうものなら、氏真の厳しい叱責に見舞われてしまう。

「まぁ、考えてみるならば」

言うべきかどうか迷いながら左馬助が高白斎に漏らす。

「もともと今川の御血筋は歌道達者でございました」

今川家の父祖には優れた歌人が幾人もおり、直系の祖先ではないが今川了俊《りようしゆん》のように天下に知られた歌人までいた。

だから氏真の歌道熱心は不思議でも何でもなく、麗《うるわ》しき先祖の血とさえ言えるだろうが、いまさら歌道の達人になるわけにもいかない大勢の今川家臣たちにとっては、すっかり歌会始は鬼門になってしまった。

どうやら三浦左馬助は自分の身代わりに駒井高白斎を歌会始に出そうとたくらんでいるようだったが、これは高白斎にとっても迷惑な話で、おいそれと承知するわけにはいかない。

高白斎が断る口実を考えていると、左馬助が事のついでのような調子で尋ねてきた。

「高白斎殿の背後に控えておいでの方はどなたにおわすや」

弟子のような顔をして駒井高白斎の背後に従っていたのは織田掃部助だった。

「ああ、この者は見習いのようなものにございます」

これを聞いた左馬助が大きくうなずいて掃部助に言う。

「ならば太守への拝謁をお望みであろう」

すると掃部助は、滅相もない、と辞退した。

「それがしはただ馬廻の諸衆に、良き馬などお勧めに参っただけにございます」

「さようにござるか」

左馬助は掃部助の言葉を信じた。疑う理由がなかったのである。

今川家が大掛かりな出陣を控えていることは秘密でも何でもない。甲斐国が良馬の産地であり、甲府には博労《ばくろう》のような武士がいることもよく知られていた。出陣を控えた今川家は武具や軍馬の準備を大々的に行っており、甲府からこのような者が武田家の使節に便乗してやって来たとしても、まったく不思議はなかった。

だが駒井高白斎は、織田掃部助が博労であるとは一言も言っていない。掃部助の正体がばれたときに、言い逃れができるようにしておくためだ。

織田掃部助が十年前から甲府にいるのは事実である。しかも表向きには、主君信長の勘気《かんき》を蒙《こうむ》って甲府に逐電《ちくでん》してきたことになっていた。そんな境遇の掃部助が博労のような仕事に手を染めてもおかしくはない。高白斎が掃部助の素性を敢えて言わなかったのは、今川の敵である織田の名を出すのを遠慮したのだ、との釈明も成り立つ。

しかし左馬助は、掃部助の来訪が義元の顔を確かめるためではない、と知るや、掃部助の素性に対する興味を失ってしまった。

「それで御使者、此処に馬は連れてまいられたのか」

左馬助の興味は、軍馬の方に移っていたのである。

「もちろんにございます」

手回しよく庭先に一頭の馬を入れてあり、掃部助みずから手綱を引いてその馬を披露した。

「左馬助殿、できますれば、馬廻の諸衆ご一同に披露させていただけますれば幸いにございます」

しごくまっとうな申し出である。左馬助が声をかけたところ、続々と馬廻衆がその場に集まってきた。合わせて六十名ほどだろうか。いずれも出自は確かで気性も正しく、もちろん武勇の点では申し分のない面々である。

精選された馬廻衆の中から、さらに精選されたこれらの面々は、義元の身近にあることに強い誇りを抱いており、他家の者と馴れ合うことは決してなかった。だがいまは奉公に最も大切な馬を検分する場である。庵原右近のように他家との酒席には決して出ない者まで、掃部助が連れてきた馬を見るために姿を現した。

掃部助の馬は、六十名もの面々に囲まれてしまったが、それでも興奮して暴れ出すことはなかった。

「おお、沈着な馬だな」

そう言った馬廻の一人が、いきなり馬の鼻先で手のひらを打つ。それでもその馬は、ちょっと視線を其方に動かしただけだった。

「うむ、申し分のない反応だな。眼がちゃんと見えておるのも分かる」

馬廻衆は標準を超えて大きいその馬の、四肢の太さ、首や胴の強さを確かめて掃部助に言った。

「御使者、試し乗りがしたい。よろしいか」

「望むところにございます」

自信満々に掃部助が応じると、馬廻衆の一人が手を挙げた。

「おれが乗ろう。諸衆のなかで真ん中くらいの体格だ」

駿府館の総堀を周回するという。一周をどのくらいの速さで回れるか、二周目三周目に入ったときに馬の脚さばきが、いかなる変化を見せるか——。

馬廻衆の面々が興味津々に、その馬の周回の様子を見守る。もはや掃部助に注意を払う者はおらず、一人一人の面貌に注がれた掃部助の視線が鋭く変わっていたことに、誰も気づかなかった。

その馬が二周三周と回るにつれ、集った馬廻衆から称賛の声が涌く。試乗した馬廻が、元の場所に戻ってくると、みな口々に試乗の感想を尋ねた。

「申し分のない乗り心地だ。良く鍛錬もされていて、こちらの指示通りに動く」

試乗者の言葉を聞くや、みな先を争って掃部助に馬を注文する。その様子を盗み見た駒井高白斎が内心でうなる。

——この織田掃部助、本物の博労みたいだ。

おそらく掃部助は、甲府に来てから十年もの間、ほんとうに博労の稼業に手を染めていたのではないか。

おどろいたな——と高白斎は舌を巻く。

織田掃部助が博労に見えたからではない。掃部助に博労の修業をさせた、織田信長の用意周到さに対してである。

博労の修業をさせたとて、それが役立つと決まったわけではないはずだ。にもかかわらず信長は、十年もの歳月をかけて掃部助を博労に仕立て上げたのだ。

その想像力は尋常ではない。

——もしかしたなら、駿府の府君（今川義元）の将来性を見抜いた我らの主君（武田晴信）よりも上かもしれない。

高白斎は暗澹《あんたん》たる気持ちで、掃部助の板についた博労ぶりを眺める。とはいえ、今川の馬廻たちに内心を悟られるわけにはいかず、呑気なふりをよそおっている高白斎の耳に、馬廻の一人が掃部助に尋ねる声が聞こえてきた。

「御使者は、会津のご出身か」

それを耳にした高白斎が、掃部助の代わりに会心の笑みを浮かべる。

――助かったな、掃部助。

相手が出身地を特定する聞き方をしてくれたのだ。その話に乗っかるだけで、無理なく素性を隠せる。

ところが掃部助は、自分の方から「会津ではない」と、きっぱり言ってのけた。

当然、相手は「ではどこのご出身か」と尋ねてくる。すると掃部助は「尾張国でござる」と答えたではないか。

ぎくりとして、高白斎は首を竦《すく》める。知らんぞ――と掃部助を盗み見、今川の面々をうかがったところ、今川方は誰一人として「尾張国」に反応していなかった。

馬廻衆とて、もしこの掃部助が、昨日今日に尾三国境を越えて駿府に潜入してきたのなら、ただちに間諜と断じて捕らえるだろうが、いま目の前にいる織田掃部助と織田信長とは、馬廻衆の頭の中で結びついていないのだ。

――この分なら、掃部助は己れの苗字――織田――を名乗っても、大丈夫だろうな。

高白斎は大儀げに肩など叩きながら、次なる掃部助の告白を待ったが、とうとう「織田掃部助」の名乗りは聞かれなかった。

四

永禄二年三月二十日、今川義元は駿河、遠江、三河の東海三国に七か条の軍令を発した。

この軍令を見れば、当時の戦国大名の最先端が、義元の今川氏であったと分かる。

軍令の第一条に、

——兵糧・馬飼料、着陣の日より下行《げぎょう》。

とある。

後世に天下人となった豊臣秀吉や徳川家康の出した軍令と同じだ。

今川氏は傘下の武士たちに対し、出陣命令に服して着陣したその日から、兵糧飼料を支給する、と号令していた。兵糧飼料を自弁せずに済めば、傘下の武士たちはみな経済的負担が軽くなって助かるが、同時にそれは今川氏への依存度が高くなるということだ。これまでのように勝手ないくさは許されず、今川氏の命令通りに動かねばならない。

この出陣に動員した今川氏の軍勢は、二万五千だったと言われている。それだけの人数の出陣となれば、連れる馬の頭数も半端ではない。それらの人馬にあまねく兵糧飼料を支給するとなれば、費用も莫大だ。むろん費用は兵糧飼料代ばかりではなく、甲冑、刀、槍、弓矢それに鉄砲などの武器武具や城砦の普請費用などがあり、それらは兵糧飼料代をもしのぐ膨大な額にのぼる。

それらの軍事費を今川氏はいかに賄ったのか。

今川氏は富裕な印象があるが、じつはその領国はどれもあまり豊かではない。駿河にも遠江にも三河にも、大きな穀倉地帯はなかった。

東海近辺には大きな穀倉地帯を抱える国が二つもある。尾張国と伊勢国だ。この両国は大きな穀倉地帯を抱えるばかりか、交易地としても日本屈指だった。

いまが軍を起すときだ、いまをおいて他に機会はない——そう義元は考えたに違いない。おそらく雪斎も生前に、その機会がいつか示していたのだろう。

義元の今川氏は東海三カ国の所領を全て質に入れる覚悟で、尾張国侵攻に臨んだに違いない。

尾張国は手ごわい——決して義元は織田氏をなめていたわけではなかった。だが尾張国を取らねば、今川氏はいつまでたっても、天下に号令できる大名にはなれない。

このたびの出陣でも、今川氏は伊勢国から大量の兵糧米を買い付けた。大量の兵糧米を自給できる穀倉地帯を持たない今川氏は、他の大名から足元を見られると、非常に苦しい立場に追い込まれてしまう。

本国が富強な大名の方が有利に決まっているが、「いまならば富裕な尾張国も取れる」と義元は睨んだのだろう。義元の今川氏は、最も早くに戦国大名化しており、三カ国を領国化したのに対し、尾張国はいまだに分裂状態だった。伊勢国に至っては戦国大名すら生まれていない。

その義元の意気込みで駿府中は沸き返るようなありさまだったが、恒例の年頭挨拶を終えて甲斐国に帰国した駒井高白斎の報告を聞いて、躑躅が崎の武田晴信は、炭櫃を抱え込んで背中を丸めた相変わらずの恰好で言った。

「駿府の府君に先を越されそうだ」

駿河国と甲斐国は似通った国である。共に穀倉地帯がなく、財源は金山だった。

「まぁ、駿河は甲斐よりもずっと暖かいが」

だが甲斐よりも暖かいから、駿河に先を越されようとしているわけではない。目に見える違いは他にもあった。海である。駿河湾の海岸線に沿った駿河国には交易に便利な良港がいくつもあり、海産物の収穫高も大きかった。

「御屋形様、いっそ今川との同盟を解消して、駿河国に攻め入りますか」

冗談とも本気ともつかぬ口ぶりで高白斎が述べると、晴信の丸まった背中が可笑しそうに揺れた。

「馬鹿を云《い》え」

畏まった高白斎を、晴信が振り返った。

「海のせいでもあるまい、駿府に先を越される原因は」

高白斎と差し向かいの恰好になった晴信が、やけくそのように吐き捨てた。

「言ってみろ、高白斎」

畏まってやり過ごすわけにもいかず、高白斎は晴信の顔色をうかがいながら曖昧に答える。

「北の方、越後国にちょっと困った方がおられるようです」

「なぁにが、越後国のちょっと困った方、だ」

晴信が大きく息を吐いた。酒臭い。ようやく高白斎は晴信が昼酒をあおっているのに気づいた。炭櫃で酒を燗《かん》しているらしく、そちらを覗き込もうとした高白斎を、晴信はじろりと睨んだ。

「あの頭はちょっとおかしいが、いくさだけはめっぽう強い長尾景虎のおかげで、おれの策略はすっかり狂ってしまった」

晴信は他国に邪魔されることなく信濃国侵攻を進めるため三国同盟を結んだ。全ては晴信の目論見通りに進むはずだったが、まさか越後の長尾景虎に邪魔されるとは想定外だった。

晴信には越後国に手を出す気は全くない。越後国の長尾景虎とだけは事を構えまいと、晴信は景虎にはずいぶん気を遣った。ふつう、そのような対応をすれば、相手方も気を遣った対応をしてくるものだ。

今川がそうであり、北条もそうだった。戦国の世では評判が悪い関東公方《くぼう》や関東管領上杉氏も、相応の態度を見せてきた。

「それが外交というものだろう」

晴信に酒臭い息を吹きかけられ、高白斎は閉口しつつ同意する。

「なのにあの越後の狂人ときたら」

晴信の口調は愚痴《ぐち》に近かった。

「とんでもない対応をしてきやがった」

さらに始末が悪いのは、あの長尾景虎は、それが正しいと信じ切っている点だ。だから景虎には少しの迷いもないのである。

晴信が欲しいのは信濃国だけだ。善光寺付近を手に入れられれば、武田家の弱点だった経済的な弱さも克服できる。

だが長尾景虎が挑戦してきたせいで、信濃国平定の予定がすっかり狂ってしまった。川中島付近で両軍の衝突が起こったとき、もしできるなら晴信は景虎に言ってやりたかった。

――越後国を平定したおまえの次なる標的は関東だろう。だから関東管領（上杉憲政）を保護し、その譲りを受けて次の関東管領になるつもりなのだろう。なのに、なぜ北信でも戦端を開いたのだ。二正面作戦じゃないか。そこに追い込まれぬようにするために大名たちは、みな苦心惨憺《さんたん》する。尾張国の先代、織田信秀は、そこに引きずり込まれてしまったせいで、今川氏に三河国から放り出されてしまったのではないか。にもかかわらず、おまえはやらなくても済む二正面作戦に、望んで飛び込んできたのだ。

「あいつ、やっぱり頭がおかしいな」

もはや燗酒を隠そうともせず、晴信はぶつくさとつぶやいた。

「ありゃ、『気狂いに刃物』だ」

途轍《とてつ》もない変人でありながら、長尾景虎は軍神そのものだった。越後勢は侍大将を必要としない。全て景虎の采配によって動くのだ。だから景虎に意見できる越後衆は一人もおらず、彼がどれほど変人ぶりを発揮しようが、みな黙って付いていくしかなかった。

「変なのにからまれちゃったなぁ」

酔いが回ったのか、晴信がおだをあげる。

「あいつが川中島でおれに嚙みついてこなければ、今川よりも先に武田の方が動けたのに」

五

尾三国境の付近は、永禄二年に今川義元が駿府で軍令を発したころから、騒がしくなり始めた。伊勢国における今川氏の兵糧米の買い付けは、きな臭い風を清洲の織田信長のもとまで運んできたが、知多《ちた》半島が今川氏の手に落ちるに及んで、その脅威は現実のものとなって信長の前に突き付けられてきた。

織田信長が木下藤吉郎を呼んで密かに命じた。

——沓掛《くつかけ》城を探りたい。便宜を計れ。

藤吉郎はただちにその意図を察する。夜討ちだ。奇襲といえば夜討ちだった。夜討ちをかけるには敵の宿営地を襲うしかない。駿府を出陣した今川軍は、途中で宿営を重ねながら、この尾張国までやって来るが、本国の駿河や準本国の遠江はもちろん、隣国の三河であっても、その作戦は不可能となっていた。

となれば今川軍が尾張国内に入ったところで、夜討ちをかけるしかない。行軍距離はおおよそ決まっているから、尾張国内に入った今川軍の最初の宿営地が沓掛城になるとの見当はつく。

手も足も出ない西三河と違って、尾張国内ならば織田方も動きようがあった。今川方の最前線は沓掛からさらに西に進んだ鳴海と、知多半島を抑えた大高《おおたか》の二城だったが、織田方はこれらの二城にいくつも砦を張り付けて、その動きを封じようとしていた。織田方の狙いが完遂できているかどうかはともかく、尾張国内ならば手の打ちようがあったのである。

――沓掛までならば、今川に知られることなく、織田の秘密部隊が肉薄できる。

そう信長は判断して、沓掛城探索の便宜を図るよう、木下藤吉郎に命じたのだ。

他人の判断を信用しない信長は、沓掛城探索にもみずから赴いたが、この点に木下藤吉郎は細心の注意を払わねばならなかった。

沓掛城は今川軍の出陣に備えて普請工事を行っており、部外者が入り込める環境にあった。しかも普請工事を請け負ったのは、藤吉郎と同じはたらき者であり、かつての顔見知りだった。

しかし、だからこそ気を付けねばならなかったのである。そのはたらき者は藤吉郎が織田家に奉公したことを知っており、藤吉郎が案内してきたのが織田信長その人であると見破る恐れがあった。

探索にやって来たのが信長本人だと知れば、何をしでかすかもわからない――はたらき者の考えそうなことは、同じはたらき者だった藤吉郎には容易に見当がつく。だから藤吉郎は、直に沓掛城までその朋輩を尋ねようとはせず、織田家に仕えたあとも行き来がある川並衆《かわなみ》を経由させた。川並衆の頭分の一人が、情報を美濃国へ売るための来訪に見せかけたのである。

当日、織田信長の供をした木下藤吉郎は、何食わぬ顔で沓掛城を訪ねる。沓掛城の普請工事を請け負った元の朋輩は簗田出羽《やなだでわ》といった。

「やぁ、やぁ」と笑顔の大声で簗田に合図した藤吉郎が、その懐に砂金の袋をねじ込む。簗田が藤吉郎の耳元でささやいた。

「川並衆の蜂須賀小六《はちすがころく》の頼みと聞いた。連れの御仁が小六殿か」

簗田の眼ざしが信長に向けられる。かつて傾奇者の恰好を好んだ信長は、川並衆の頭目に見えなくもなかったが、それにしても偉そうである。あたりを睥睨《へいげい》しているくらいならともかく、いまにも藤吉郎を顎《あご》で使いそうだった。

そこで藤吉郎は、信長から注意をそらせるように、簗田に向かって、シッと指で口を緘《かん》してみせた。

「その名は出してくれるな。川並衆にもいろいろある」

蜂須賀小六が沓掛城に来たことを他の川並衆には知られたくない、という意味だ。

「おぬしなら、そこんところの事情は承知であろう」

川並衆も一枚岩ではないのだ。だから、此処で仕入れた情報も、美濃に売ると決まったわけではなかった。

「構わんよ」

簗田は懐に入れられた砂金の袋を、襟の上から叩いてみせた。先頭に立った簗田が、信長と藤吉郎を、城の全景が望める高所へ案内する。できれば藤吉郎は簗田と信長の間に入りたかったが、信長が案内者との間に家来に入られるのを嫌うので、やむを得ず信長の背後から従った。

それにしても――と、信長の歩き方を背後からうかがう藤吉郎は、内心ひやひやとする。天を仰ぐほど胸をそらした信長の歩き方である。

身分の高い武士は、そんな歩き方をするものだが、此処へ来る前に藤吉郎はその歩き方を止めるよう注意したのだが、信長はそんな忠告どこ吹く風で、大手を振って歩いている。あまつさえ、突然に前を行く簗田を呼びつけた。

「わごれ」と呼んだのである。振り返ってきた簗田に、長身の信長が見下ろすように発した。

「いま少し、早く歩かんか！」

今度は殿様まる出しの言い方である。なんでもないふりをした藤吉郎だったが、肝が縮みあがる思いだった。密かに簗田の顔色をうかがったが、面の皮の厚い簗田から表情の変化を読み取ることはできなかった。

ようやく普請場を一望できる高所へ着く。

「此処は清洲よりも眺めがようござろう」

その簗田の言葉に藤吉郎はぎくりとしたが、信長から言葉は返ってこなかった。信長の方を見る勇気がなかった藤吉郎が、下を向いたまま心の中で叫ぶ。

――御礼です、こんな時は御礼を言うのです！

独り相撲を取っている気がした藤吉郎が、ふと顔を上げてみると、身じろぎもせずに普請場を望んでいる信長に気が付いた。

ふと、藤吉郎が首をかしげる。信長は立ちすくんでいたのだ。ただ、じっと沓掛城の普請場を見つめている。どうしたのか、と信長の視線を追った藤吉郎も息を呑んでその場に立ち尽くした。

沓掛城の光景が一変していたのである。かつて尾三国境を徘徊していた藤吉郎は、この沓掛もよく知っている。此処にあった沓掛城も、通るたびに眼にするどころか、あまり言えない目的で中に入ったこともある。

藤吉郎が断りもなく忍び込んだかどうかはともかく、簡単に破れるような門構えしかなかったはずだ。

普請場を望む藤吉郎が首をひねる。かつての光景と、いま目の前に広がる光景が一致しなかったのだ。

とりわけ驚いたのは、城の総構えに巡らされた堀だ。沓掛城にはその周辺まで含めて狭い印象があった藤吉郎は、いま総構えの堀になっている場所が、もともと何だったのかすぐには思い浮かばなかった。

「ああ、そうだ」

藤吉郎がつぶやいたきり押し黙る。

あのあたりは葦《あし》の生い茂る沼だった。だから狭い印象があったのだろうが、いまはそこに沼があったとは思えぬほどだ。

「凄いじゃないか」

その広大な総堀に震え上がった藤吉郎だが、簗田に発した声はむしろ陽気だった。

「これほどの普請ができるとは大した出世だ」

「凄いだろ――と言いたいところだが」

簗田に自嘲が浮かぶ。

「あの総掘は我らの仕事ではない」

「今川衆の仕事か」

「そうだ。我らは手も触れていない」

藤吉郎と簗田が遣り取りをしている間、信長は一言も口を利かずに、沓掛城の普請場を望み続けた。

城内の各曲輪も広大だ。ひとつの曲輪の中に、かつての沓掛城が五つくらい入りそうだった。

「いまいるこの場所も曲輪の一つになる。此処に入れただけでも、御礼くらい言ってもらわにゃ」

簗田は藤吉郎に言ったつもりだったが、返事をしたのは信長だった。

「ならばこの沓掛をやる」

ぎょっとして立ちすくんだ簗田は返答に詰まる。

「礼が欲しいのであろう。だからこの沓掛をやると言っておるのだ。不服か」

「いえ」

眼を白黒とさせた簗田が、ひどく畏まって答える。

「不服などございません」

その簗田の返答を信長は最後まで聞いていなかった。

「行くぞ」と言い捨てるや、藤吉郎と簗田の視界から遠ざかっていった。慌てて信長の背中を追う藤吉郎が、去り際に言った。

「すまんな、とんでもない川並衆で」

「いや」

弱々しく笑った簗田を置いて、藤吉郎は信長に追いつく。たちまち信長の舌鋒が飛んできた。

「あの沓掛城の有様、いかが見た」

「はい、夜討ちは難しいかと」

「難しい――ではない。無理だ」

信長が吐き捨てる。

「あの深くて広い総堀——あれでは城内までたどり着くのに一苦労だ。また、ようやくたどり着いても、梯子《はしご》がなければ堀の中から這い登ることもできまい。這い登ったとしても、主だった門には残らず馬出しが二重三重に設けてある。あれに邪魔されて城内に一兵たりとも入れんかもしれぬ。馬出しを抜けたとしても、次は複雑に折れ曲がった虎口《ここう》だ。さっき見た場所からでは、遠すぎて虎口の仕掛けまでは分からなかったが、簡単に抜けぬことだけは明らかだ。これでは夜に不意を襲ったところで、織田勢は入口でたちまちつまずくことになる。入口の辺で沓掛城の守りに引っ掛かっている間に、四方八方から取り囲んできた今川勢に全滅させられてしまうのがおちだ」

「つまり、この沓掛城に奇襲をかけることはできぬ——と」

「そうだ。この城は奇襲をかけようとする相手に城攻めを強要してくる。城攻めには相手の三倍の兵力が必要だが、あいにく織田方は今川方の三倍どころか、三分の一にも満たない。これでは話にならん」

同意した藤吉郎が、いま目にしたばかりの光景を思い出す。

——あのだだっ広い曲輪の群れ。

二万以上の兵を収容できそうな規模だった。合戦の陣触れでは、しばしば実際の人数より水増しして呼号するが、あの沓掛城の光景は、やって来る今川軍が二万以上であるのを如実に示していた。

「殿、別の策を講じますや」

そう藤吉郎が水を向けてみたところ、

「他に策はない」

信長のきっぱりとした答えが返ってきた。

「他に策はないのだ」

信長は繰り返す。

――奇襲によってしか今川義元の首は挙げられぬ。

信長の口調が変わった。

「此処に来るまで、おれの心にあったのは、おやじ殿（織田信秀）が松平清康を尾張国内に引き込んで討ち取った守山の陣だ。あのやり方で義元の首を取るつもりだった。とんでもない間違いだった。同じやり方では義元の首は取れぬ」

「ならばいかなる手を打ちますや」

藤吉郎が声を励ますと、信長に奇妙な微笑が宿った。

「打つ手などない」

そう言い放ったことで、信長はみずからの言葉に追い詰められた。

「おれは奇襲こそが最も用意周到を要する理詰めの策だとほざいてきたが、とんだ勘違いだったようだ」

信長が藤吉郎の顔を覗き込む。

「わごれ、博打の心得があろう」

「はい」

「最後は博打だ」

信長は悔しそうに言い放った。

六

新たな今川氏の第一歩を踏み出すべく、義元は駿府を出陣しようとしている。

戦国大名にとって合戦は最も重要な事業であり、その合戦の規模が大きければ大きいほど、大きな見返りを狙った投資ということになる。

これほどに大掛かりな出陣は、今川氏の歴史が始まって以来のことだ。だがいま踏み出そうとしている一歩も、先祖が拓いてくれた道の先にあるのだ。

出陣の準備は驚くほど多岐にわたり、義元も目の回るような忙しさだったが、その仕事を効率的にしてくれた印判は、亡父氏親の頃に導入され、亡き雪斎が改良したものだ。

亡父氏親の師だった北条早雲も、太原雪斎も、そして義元自身も、かつて建仁寺にいた。当時の建仁寺は室町幕府の出張所の性格も併せ持ち、とくに海外交易の面での働きが大きかった。最大の海外交易の相手は中国（明）だったが、朝貢貿易しか認めていない中国に対しては、定式に則った漢文の外交文書を進呈しなければならず、もし、その外交文書におかしな点があろうものなら、たちまち中国側から突き返されてしまう。当時の日本で中国通だったのは禅僧であり、間違いのない漢文をしたためる教養もあった。そのため建仁寺を含めた京都五山は中国との交易に深くかかわることになり、中国で早くから発達した印判の利用法についても、経典と同様に輸入されていた。

義元は三浦左馬助らの有能な近習を要所に配置して、膨大な出陣業務を取りさばかせていたが、出陣を間際に控えたころ、日に何度も義元のもとに伺候する三浦左馬助が、また伺候してきた。しかも今度は印判や花押の必要な文書を、何一つ携えてはいない。

「今度は何用だ」

義元は少しいらいらしたが、

「じつはいまだ御屋形様から御佩刀《みはかし》についての御指図をいただいておりませず」と左馬助から言上され、義元は筆を持つ手を止めた。

「そうであった」

　筆を置いた義元が、左馬助に命じる。

「太刀は宗三左文字《そうざさもんじ》、脇差は松倉郷《まつくらごう》、とせよ」

「承知いたしました」

　左馬助の返答が早かったのは、義元の注文が予想通りだったからである。太刀も脇差も義元のお気に入りだ。すぐに合点して引き下がろうとしたところ、不意に義元から呼びとめられた。

「松倉郷に鍔《つば》を付けるのを忘れるな」

　退出しかけた左馬助が動きを止める。

「鍔――でございますか」

「そうだ。左文字と変わらぬ頑丈な鍔を松倉郷にも付けよ」

　これは予想外だった。宗三左文字は二尺六寸の太刀であり、武田信虎に譲られたときから頑丈な鉄锷が付けられていたが、脇差の松倉郷に锷はない。

――すぐに鍛冶に打たせねば間に合わん。

当初の予定が狂ったせいか、左馬助は泡を食ったように退出していった。

七

永禄三年五月十二日、今川義元は駿府を出陣した。二万五千にのぼる大軍の大移動である。今川軍の先鋒はすでに五月十日には出陣しており、各地から集った軍勢で駿河から三河にかけての街道筋や宿駅は人馬でごった返した。

このころまでに対織田の最前線に当たる鳴海城には、今川家中第一の猛将として知られる岡部五郎兵衛が乗り込んでおり、喉元に匕首《あいくち》を突き付けられた恰好の織田方は、早くも及び腰だった。

対織田の最前線には、いま一ヶ所、鳴海よりも南に下った伊勢湾沿いに大高城があった。いまは鵜殿長照《うどのながてる》が城将を務めているが、今川義元の本隊が尾三国境を超えて尾張に入りしだい、城将が交代して松平元康《もとやす》が大高城に入るという。

ああっ――と織田方の武士たちは天を仰いだはずである。まだ竹千代といったころの、松平元康を知る織田家中の者は少なくなかった。

あのまま織田方の手に竹千代があれば――岡崎松平氏は織田方の先鋒になっていたかもしれないのだ。なのに竹千代を今川方に奪い返されたばっかりに、あの幼かった竹千代が、一人前の武将に成長して織田方に牙を剝こうとしていた。

大高城には知多半島を抑える役割もあり、それまでわがもの顔で伊勢湾を横行していた織田の息がかかった海賊衆も、今ではすっかり息を潜めてしまっている。その大高城には続々と兵糧米が運び込まれており、これを阻止せんと織田方が大高城に貼り付けた鷲津丸根の両砦は健闘しているものの、明らかに今川方の勢いに押されていた。

それらの状況は尾三国境に巣食う輩にも、刻々と伝わっている。彼らにとってはうまくいけば大儲けの稼ぎ時であり、下手を打てばこの世の見納めとなる事態だった。

――どうも、おれは間違ったらしいぞ。

内心で臍を嚙んだのは簗田出羽である。信長に気合負けして、その味方になったものの、簗田の眼には、まったく織田方の勝ちは見えない。

沓掛をやる――と信長から言われ、その恩賞に眼がくらんだ簗田に、あの藤吉郎がすかさず証文を押し付けてきた。

これで簗田は今川方に寝返ることもできなくなった。証文という動かぬ証拠を織田方に握られた以上、もし今川方に寝返れば、あの証文をばらされてしまう。そうなれば簗田は言い逃れる道も閉ざされるのだ。

織田に味方するしかなくなった簗田は、

また、連絡する――としか言われなかった。

藤吉郎の袖をとらえ、「上総介様（信長）はいかがなさるおつもりだ」と訊いてみたところ、あっけらかんと藤吉郎の言葉が返ってきた。

「おれに分かるわけがないじゃないか」

沓掛城への夜討ちを断念したところまでは分かったが、その先となると皆目見当がつかない。やきもきと織田方からの連絡を待つしか、簗田には道がなかった。

そのころ、駿府を出陣した今川義元の本隊は、東海道を西進していた。国境まで続く大部隊でありながら、その行軍は整然としていた。

軍勢につきものの放火や乱暴狼藉は一切ない。軍勢の隅々にまで、規律が行き届いているのである。義元には、それが誇りだった。

かつて南北朝のころ――義元の胸中に去来する。

同じように東海道を西進した北畠顕家《あきいえ》の大軍には全く規律がなく、一木一草まで奪い取るすさまじい略奪の嵐が、この東海道を見舞った。そのとき、今川氏の初代範国《のりくに》は、北畠軍をわざとやり過ごし、その後をオオカミのように追跡していった。

初代の範国は北畠軍の狼藉を防ぐことはできなかったが、このおりの戦功によって今川氏の礎《いしずえ》を築いた。その範国の功績も、三人の兄の壮烈な戦死が礎となっている。

――今川は兵《つわもの》の家なのだ。

その義元の脳裏に嫡男の氏真が浮かぶ。

歌道達者なのは構わないが、今川家の跡取りとしての器量に欠ける――そう家中の宿老たちがささやき合っているのは、義元も知っていた。

花倉の乱という通過儀礼を経て今川の家督を継いだ義元に対して、氏真は初めから家督を約束されていた。

――あれじゃあ、だめだ。

主に武闘派の家臣の多くが、同じように言っていた。今川の家督を継ぐほどの者は、その器量を試される試練を経なければならない、と言うのだ。

その意見にも一理はある。一理はあったが、分裂の恐れが大きい家督抗争を、今川氏の総帥たる義元が許すわけにはいかない。花倉の乱のとき、今川氏は滅亡の崖っぷちにまで追い込まれたのだ。

嫡男の氏真については、義元なりの目算はある。

――武将としての器量は不足でも、頭の働きは悪くない。だから自分が地ならしをしたあとならば無難に継承できるであろう。

そう踏んだ義元も四十を超えた。三河国にてこずっている間に、四十を超えてしまった。三河国の平定が遅れたのは、雪斎の死のせいだったが、義元は「満を持する」ために、辛抱づよく三河平定を行った。

いま義元が戦おうとしている敵は、三河国の岡崎松平氏よりもずっと手ごわい織田氏だった。

――西三河は特異な所だ。岡崎松平氏の岡崎城を接収してから、その領国化に十五年余りもかかった。尾張国の織田氏は岡崎松平氏より手ごわくとも、あの織田氏さえ倒してしまえば、あとは容易にはかどるかもしれない。

その通りになるかもしれないが、ならないかもしれなかった。全ては未知の領域だったが、いまからそんなことを案じていても埒《らち》が明かない。

――まずは織田氏だ。

相手は強敵なのである。あとの心配は、織田氏を倒してからにすればいい。

そう念じて義元は正面を見据えた。

――此処は藤枝宿の辺か。

気が付いた義元の前に、大勢の今川兵が陸続と連なっている。乗馬姿はあまり見かけず、馬を疲れさせぬよう手綱を引いている者が多かった。

合戦では見慣れた光景だ。馬上からその様子を眺めても、見えるのは武士たちの頭ばかりだ。兜などかぶっている者はもちろんいない。合戦も始まらぬのに、あんな鉄の塊を頭上にいただいていては、その重みで頭が痛くなるだけだ。

兜をかぶらぬ後頭部ばかりの光景は、ひどく単調だった。飽きたように義元が視線を外す。いま一度、同じ光景に眼を落したとき、こちらに向いている横顔があった。

――花倉だ。

義元の心がつぶやく。武士の群れの中の横顔は、夢に見るのと同じだった。

――おれが此処にいるのは分かっているのだろう。

義元は夢の中の花倉に何度そう呼びかけたことか。

だが花倉はいつも、同じ表情で同じ横顔を向けたまま、決して義元を振り返ってこなかった。

そのとき義元の心に根ざしたのは予感だ。

花倉の横顔が、義元を振り返ってくる。ゆっくりと振り返ってくる。いつも陰に隠れて見えない顔は血まみれだった。血まみれの花倉が、天に昇るように大きくなっていった。義元を見下ろして、行く手を阻むように両手を広げた。血まみれの顔が二度三度と横に振られる。その眼ざしは宙を漂うようだったが、間違いなく義元だけをとらえていた。

「御屋形！」

三浦左馬助の声で、義元は我に返る。左馬助も庵原右近も、気づかわしげに義元を仰いでいた。義元は宗三左文字の柄を強く握っていたのだ。

太刀の柄から手を離した義元が、ややあってから告げた。

「いまそこに、花倉がいた」

義元が指さした先には、行軍する今川勢の人馬がひしめいているだけだ。

「いつもは夢枕に立つ花倉が、そこにいた。その方らには見えなかったのであろう」

義元を囲む六十人に、さざ波のごとく動揺が広がる。

花倉の乱が起きてから、二十五年余りがたつ。当時を知らない若者の方が、むしろ今川家の中心となりつつあるが、それでも家中に花倉の名を知らない者はいない。花倉（玄広恵探）の顔を知る者にとっても知らぬ者にとっても、その名こそが最も不吉だったからだ。

義元を囲む六十人から漏れ聞こえてきた。

「きっと怨念《おんねん》に満ちた眼ざしを御屋形に向けてきたのであろう」

「違う」

義元は声に出してつぶやいていた。

――そこにいた花倉は血まみれの凄惨《せいさん》な顔だった。なのにその瞳には怨念の影すらなかった。

亡父氏親の葬儀のおりに隣り合って座った花倉は、ときどき二歳下の当時承芳といった義元を気遣うように振り返ってきた。まだ八歳だった義元がそこに見たのは兄の顔だ。同母兄の氏輝でも彦五郎でもなく、異母兄の花倉にそれを見たのだ。

あのときの花倉と同じ顔をしていた。もう大人になっていたにもかかわらず、血まみれの凄惨な顔だったにもかかわらず。

「花倉殿は何か申されましたか」

左馬助が訊いてくる。

「いや、何も」

そう義元は答えたが、行く手を阻んでかぶりを振った花倉は、義元の脳裏に棲みついていた。

――行くな。

花倉の幻が聞こえる。義元はその幻を打ち消すように、かぶりを振った。

「あの、御屋形様」

また、左馬助に訊かれた。

「先ほど、夢枕に立つ花倉、と仰せになられましたが、いつから花倉殿が夢枕に立つようになったのでございますか」

「禅師が示寂《じじゃく》したあとからだ」

義元が答えると、左馬助のみならず、六十人の者も静まり返った。ややあってから左馬助が決心したように発した。

「御屋形、此処からならば、まだ引き返せますぞ」

「馬鹿を云え」

義元は即座に却下する。

「なれど――」

「亡霊を恐れて大事の出陣から逃げ出したとあっては、この義元、天下の笑いものだ」

すると、左馬助が遠慮がちに声をひそめてきた。

「日延べ、ならば差し障りないかと」

「そうはいかん」

義元が語気を強めた。

すでに義元の今川氏は後戻りのできないところまで来ている。駿河、遠江、三河の東海三カ国に大号令を発し、二万五千もの大軍が、尾張国へ向かって動きだしているのだ。三カ国の街道も宿駅も城砦も、莫大な費用をかけて今川軍を迎える準備を整えており、いまさら行軍を延期すれば大混乱が生じるだけでなく、準備に掛けられた費用の大半が無駄になってしまう。兵糧米や馬飼料とて、一日空費するだけで、どれほどの額にのぼることか。

また、義元は駿河衆だけではなく、遠江衆や三河衆のことも考えねばならなかった。外様の諸衆は、この合戦に手柄を立てて豊かな尾張国に恩賞の地をもらおうと、先祖伝来の領地を質に入れて従軍している者も少なくない。

規模は違うが義元の今川氏だって同じだ。今川の身代を賭ける軍事行動を起こす以上、尾張国を今川領としなければ、とても採算が取れない。

「後戻りはできぬのだ」

義元が一同に呼ばわると、みな粛然と首を垂れた。

義元を総大将とする今川軍二万五千には、前に進む道しか残されていなかった。

第四章　脇差を抜け

一

この合戦の前年、織田信長は上洛した。もし今川義元の三河国平定がもっと早ければ、この年の信長上洛はおそらくなかっただろう。

京都の華である御所流は何事に付けても、信長には合わなかった。諸々は省略するが、京都人を閉口させたのは、信長の味覚である。計算されつくした繊細《せんさい》な味を、信長は全く有難がろうとはせず、「何じゃまどろっこしい。ちっとも味がせんではないか」と、京都で名の知られた料理人の薄味を叱りつける有様であった。

そんな信長が、密かに接触した相手がある。六角《ろっかく》氏の宿老だ。近江半国の守護である六角氏は屈指の名門大名として知られる、京都政界と深く結びついた保守的な六角氏は、信長の密談相手として似つかわしくない気がするが、信長が眼を付けたのは、六角氏が京都政界の鍵を握り続けたからではなかった。

いや、少しは関わりがある――京都政界の鍵を握り続けるために、六角氏が取った手段の一つが、信長の注意を引いた。

六角氏は京都の政争を有利に運ぶために、しばしば使った傭兵団がある。根来衆《ねごろ》だ。根来衆はご多分に漏れず、各坊院ごとに分裂しており、延暦寺（山門）がそうであったように、これが畿内寺社勢力の伝統ともいえるが、傭兵としては雇いやすかった。

信長が眼を付けたのは、根来衆が熟練した鉄砲集団だったからである。このころまだ織田家は自前の強力な鉄砲隊を持つには至っておらず、専門の鉄砲集団の力を借りる必要があった。

信長は根来衆との橋渡し役を依頼すべく六角氏の宿老と密談したのだ。六角氏は家中の統制が弱く、亡父信秀の代からの知り合いに口利き料さえはずめば、橋渡し役を簡単に引き受ける。

根来衆にとっても、富裕な織田氏は願ってもない雇い主だった。こうして信長が京料理をけなしている間に、根来衆との契約はまとまってしまったが、帰国したのち、信長は思わぬ蹉跌《さてつ》に直面することになる。

せっかく雇った根来鉄砲衆が、沓掛城への夜襲に使えないと分かったのだ。信長は今川軍が尾張国に入った最初の宿営地に夜襲をかけ義元の首を狙うと決めていた。清州城（信長の居城）の位置を考えれば、悠長に二日目を待っていたなら、今川軍は清洲城の近くにまで迫ってしまうかもしれない。そうなれば尾張国衆が、なだれを打って今川方に寝返るのは眼に見えている。

行軍距離から考えて、沓掛城が一日目の宿営地となるはずだと踏んだ信長は、沓掛城で改修工事が行われていると知って、己れの考えに確信を抱いた。

沓掛城への夜討ちは決死の奇襲となる。信長はその決死隊の指揮を他人に任せる気はなかった。だから沓掛城の探索も危険を冒してみずから行ったのだが、そこで見たのは予想を超えた光景だった。

沓掛の周囲は、まだその辺りが今川方の手に落ちる以前に、しばしば鷹狩《たかが》りを行ったところであり、信長には土地勘がある。沓掛城も知っていた。そこはみすぼらしい小土豪（近藤氏）の屋敷城であり、改修工事を行うといっても、たった一日だけ宿泊に使うだけであり、たいした工事ではあるまいと考えていた。信長の狙い目もそこにあり、防御の弱い沓掛城こそが夜討ちにうってつけだった。

だから沓掛周辺の探索は、初めは夜討ちありきだった。いかに土地勘があるといっても、夜討ちとなれば、とうぜん視界が利かず、事前に周囲を把握しておく必要があったのだ。

ところが周囲を把握するはずの探索が、沓掛城の改修工事によって度肝を抜かれることになる。たった一日の宿営なのに、その改修規模は清洲城よりも大掛かりだった。

そこに出現しようとしていたのは、信長の知る沓掛城ではなく、まったく別の城だった。

周辺の沼地を全て潰して巨大な堀を築き、信長も鷹狩りを行った原野を巨大な曲輪に造成していた。まるで沓掛城夜襲を得意がっていた信長を嗤《わら》うような光景だった。

――これではとても夜討ちなどできぬ。

さすがの信長も打ちのめされたかもしれないが、それでも信長は根来鉄砲衆を手元に置き続けた。射程が長い銃で交代射撃を巧みに行ったとて、沓掛城はびくともしないであろうに。

だから信長が根来衆を雇った理由を知る腹心たちは不思議でならない。何に根来鉄砲衆を使うつもりか――と直に尋ねた者もいた。

だが信長は答えなかった。

鉄砲の持つ突破力と、奇襲の肝《きも》となる敵の予測を上回る速さは、信長の中で結びついていた。だがそれは信長の想像力であり、他人に分かるように説明することはできない。

だから信長は何も言わなかった。

二

何も言わぬ信長は、無為のように周りには見えたかもしれない。しかも今川義元が駿府を出陣したとの一報に尾張衆が浮足立つなか、ふらりと信長は清洲城下から姿を消してしまった。

まさか大将が真っ先に逃げちまったんじゃないだろうな——などという口さがない輩のささやきも、冗談には聞こえぬほどだ。

もし逃げるのならば、今川軍が来るのとは逆の西の方角に逃げただろうが、信長は東の方角に向かっていた。正確には北東である。

信濃との国境が近い奥三河の付近だ。この辺りは山賊まがいの輩が跳梁跋扈《ちょうりょうばっこ》する物騒なところだったが、信長はただ一人の供しか連れていない。織田掃部助《かもんのすけ》である。掃部助が案内役として信長を導いていた。

物騒な地で、落ち武者と間違われそうな主従二騎だったにもかかわらず、信長を先導する掃部助は落ち着き払っていた。掃部助がこのあたりの顔役だと聞いたことはなく、此処は今川氏が領国化した三河国内だったが、奥三河奥遠江の山岳地帯には複雑な事情がある。それも信濃との国境に近づけば、武田氏との兼ね合いもあった。今川氏と武田氏は同盟しており、そのためにこの付近の帰属はかえってあいまいになった。この付近に巣食う輩どもは、織田掃部助を知らないはずだ。まして掃部助に案内される武将の正体など。にもかかわらず掃部助は、一枚の紙きれだけで、この物騒な山岳地帯を自由に動き回ることができた。

このあたりの油断も隙もない凶暴な輩どもを、たった一枚の紙きれで黙らせるには、その紙きれに記された花押《かおう》の効力しか考えられない。

今川義元の花押を見せられれば、山々に巣食う輩どもはみな恐れて、相手がたとえ無防備な女子供であっても手出しはできまい。奥三河奥遠江における今川義元の評判は有名だったが、その陰に隠れて目立たぬものの、今川義元の花押と同じ効き目があったのが武田晴信の花押である。

もともと奥三河や奥遠江の山岳地帯を支配していたのは、鳳来寺《ほうらいじ》や秋葉《あきは》神社などの寺社勢力であり、この付近は修験者の縄張りだったのである。戦国時代になるとそれらの地にも大名権力が入り込んできたが、鳳来寺や秋葉神社の影響力が完全に消えてしまったわけではなかった。そのためこの地方の事情は見えにくくなっていたが、そこに眼を付けたのが織田掃部助だったのか、あるいはもっと上の人物だったのかはわからぬが、いま掃部助はこうして主従たった二騎でこの地を動き回っている。信長は急使を甲府に送って来て掃部助に命じた。今川義元を囲む者たちを、この眼で見たい。至急案内せよ――と。

山中で落ち合った信長は、ひどく興奮していた。

「掃部助、おれの見当は当たったぞ」

なぜ信長がそれほど興奮したのか、掃部助にはわからなかった。おそるおそるその旨を尋ねたところ、信長が呵呵大笑《かかたいしょう》しながら答えた。

「治部大輔（今川義元）は輿《こし》を使うと聞いた」

だからどうした、と掃部助は心の中でつぶやいたが、この癇症《かんしょう》の主人を前に、そんな文句を漏らそうものなら無事では済まない。

あまり相手の表情を読まない信長が、上機嫌に掃部助に言う。

「わごれも博労の真似事を長くした甲斐があったであろう」

そう言われても掃部助には愛想笑いしかできない。すると此処まで信長の案内をしてきたサルに似た小男が、ずけっと言った。

「殿様、まだ喜ぶのは早いと存じますが」

信長はその小男を睨みつけるや、いきなりその薄い髷《まげ》をつかんで怒鳴った。

「こりゃサル、賭けをするか、もしおれの見当が外れたなら、サルに望みのものを取らせよう。その代わり、おれの見当通りだったなら、サルの首をもらう。どうだ、乗れ！」

信長に髷をつかまれた小男が、山々にこだまする勢いで叫ぶ。

「殿様、髷をつかむのだけは、やめてくだされぇぇ」

「静かに！」

小男の大声に驚いた掃部助が、厳しい表情で唇を緘するしぐさをしてみせる。

「敵地で目立つ真似をするな」

小男の名を知らぬ織田掃部助がたしなめたところ、信長は面白がって小男の髷をつかんだ手によけい力を込めた。いたた、と小男が叫び、掃部助ははらはらと周囲をうかがう。

「この藤吉郎、殿様から髷が薄い薄い、とからかわれております。さような無体をなされては、どんどん髪が抜け落ち、よけいに髷が薄くなります」

藤吉郎の抗議を受けて、信長はようやくその髷から手を放したが、「賭け」を忘れたわけではなかった。

「おれの見当通りだったならサルの首をもらう。いいな！」

「その賭け、御免蒙ります」

だが信長は逃げる藤吉郎を追いかけなかった。掃部助から信長の注文通りの場所を見つけた、と知らされたからだ。背中を向けて逃げ出した藤吉郎には眼もくれず掃部助に告げる。

「行くぞ、案内せよ」

尾張方面に逃げ出した藤吉郎から「行ってらっしゃいませ」と聞こえてきたが、信長はもはや振り返りもしない。掃部助を先導に、山々の間をうねる道を進んでいく。

このたびの出陣に義元が輿を使うと聞いたのが事の発端だ。

義元の乗輿《じょうよ》は秘密でも何でもない。これは示威運動である。輿の使用は格の高い大名にしか許されておらず、乗輿の資格を持つ義元に対して、信長にその資格はなかった。その違いを大々的に呼号して、尾張方面の国人たちの動揺を誘おうという狙いだから、秘密にするわけがなかった。

だから掃部助には信長が義元の乗輿を聞いて、なぜ興奮しているのか分からなかったのだが、わざわざ掃部助を呼びつけた信長は、義元の今川軍を事前にその眼で見るために、ずいぶん骨を折っている。

まず不慮の危険を冒して、この奥三河の山岳地帯に入り込んできた。義元の今川軍が進む東海道には、今川軍の前進部隊が先行して監視の眼を光らせており、迂闊に近づけば、たちまち発見されてしまうからだが、信長は奥三河の山中を迂回してまで、義元を囲む者たちを、その眼で確かめようとしたのだ。

信長の想像力は凡人などには及びもつかぬものだが、このたびの信長の指令はさほど難しいものではなく、掃部助には甲府の主である武田晴信の不可解さの方が心に残った。そのことに気を取られていたためか、不注意にも馬の脚を滑らせてしまった。均衡を失った馬が崖下へ突っ込む。

「たわけ！」

頭上から信長の叱声が響いてきた。

「も、申し訳ございませぬ」

とんでもない失態である。しどろもどろになって詫びた掃部助は、慌てて馬を崖の上に戻そうとするが、四肢を踏ん張った馬は、容易には言うことを聞かない。

「ぼさっとしているからだ」

癇癪《かんしゃく》を起した信長だったが、とはいっても、案内役の掃部助なしでは奥三河の山中を進めない。

やむなく信長は掃部助を手伝って馬を追い上げる。馬が抵抗するものだから、相当に手間がかかり、油断すると馬の脚に蹴られる恐れもあったので、慎重に時間をかけざるを得ない。

ようやく馬を元の場所まで追い上げたときには、信長も掃部助も汗だくだった。

「やれやれ、とんだ道草を食ってしまった」

汗だくになるうち、腹も立たなくなってしまった信長が、恐縮しきりの掃部助に声をかける。

「此処で一休みしよう」

信長が腰の竹筒から水を飲み、持参の餅をかじる。掃部助も遠慮がちに信長に倣った。

そこは谷のようなところで、周りから灌木の繁みが覆いかぶさっているせいか、暗くじめじめとしており、見通しも悪かった。

「あんまり一休みには向かぬ場所だったな」

餅を食べ終えた信長がぼやくと、掃部助が口をもぐもぐさせながら、また詫びる。

「すぐ先が尾張美濃に通じる間道でございます。峠道ですので、此処よりは眺めがよかったかと」

「ならばその峠道に出て一首詠む風流な御仁の真似でもしてみるか」

立ち上がった信長が、目の前まで覆いかぶさってくる灌木の繁みを払いのけようとして、その手を急に止めた。

その繁みのすぐ先から、時ならぬ人馬の轟《とどろ》きが聞こえてきたのだ。みるみる近づいてきて、繁みの向こうで足音を轟かせながら押し通っていく。その振動が信長と掃部助の足元を揺るがせた。

信長が掃部助の顔をうかがう。何者だ、と尋ねられていたが、掃部助はかぶりを振るしかない。

「少なくとも、このあたりに巣食う輩どもではないな」

いま繁みの向こうの峠道を押し通っていく一団は、このあたりの輩どもを全て合わせたよりも、はるかに多い数だった。

繁みの向こうで行進は続いている。突然、おびただしい人馬の中で、一頭の馬のいななきが信長と掃部助のところまで飛び込んできた。

まずい、と信長が己れの馬に飛びつく。素早く枚を含ませて、いななきに応えられぬようにすると、仮袴《かりばかま》で四肢を拘束する。もたもたしている掃部助を突き飛ばして、その馬も静まらせた。またもや信長に詫びねばならぬ掃部助だったが、繁みの陰から峠道をうかがい、ようやくそこを進む軍勢の正体を見極めた。

今川軍の別働隊だった。乗馬は下手でも、掃部助は一度見た者の顔を忘れなかった。かつて駒井高白斎に付いて駿府の年頭挨拶に赴いたさい、見かけた顔がいくつもあった。年頭挨拶は今川家からも来ており、そのおりに甲府で見た顔も、いくつかあった。此処で遭遇した軍勢は素性を隠すように今川家の軍旗は一棹《ひとさお》も掲げていなかったが、掃部助は自信をもって断言した。あれは今川の軍勢です――と。

今川軍の別働隊の狙いは何であろうか。

織田軍が大高と鳴海の最前線に引き付けられている隙に、背後から清洲を襲おうというのだろうか。

掃部助が首をひねっていると、信長がいとも簡単に言い捨てた。

「義元の首さえ取ってしまえば、あの別働隊は無駄になる」

それはそうですが――とでも言いたげな掃部助の肩を、信長がポンポンと叩いた。

「それにしても運がよかった。掃部助のおかげだ。我らがこの灌木だらけの谷に隠れて、あの別働隊をやり過ごすことができたのは、わごれが馬を崖下に落とすしくじりをやってくれたおかげだ。もしわごれのしくじりがなければ、我ら、この灌木だらけの谷で一休みすることもなく、うかうかと峠道まで出て、あの別働隊と正面から遭遇しておったわ」

この山中を抜けるための武田晴信の花押は、もし今川家中の者に見つかれば、まったく逆に作用する。なぜ山中を徘徊する二騎が武田晴信のような大物の花押を所持しているのかあやしまれ、掃部助は言い逃れできたとしても、同行の信長はそうはいかない。信長の正体を突き止められてしまう恐れが大きかった。

「もし此処で正体がばれていれば、おれは古今の武将の中で、最ももみっともない死に方をするところだった」

淡々とした信長の言葉は、かえって掃部助を身震いさせた。ところが掃部助が「あぶないところでござった」と、声を絞り出したときには、もはや信長は己れの馬の拘束を解き、外した枚を投げ捨てていた。

「行くぞ」

あとも見ずに信長は、今川別働隊の行き過ぎた余燼《よじん》もおさまらぬ峠道へと、馬を乗り出していった。

信長と掃部助は、奥三河の山中を迂回して、尾三国境に近い池鯉鮒宿《ちりゅうじゅく》に入り込んだ。此処は人出が多い上に、国境地域であるため素性を隠しやすい。信長のような生まれながらの殿様が百姓の扮装をしてみても、逆に人目を引く違和感が出るだけだ。

だから掃部助を従えた信長は、堂々と馬に乗ってやって来たのだが、この威張っている武士が、はたして尾張の者なのか三河の者なのか、あるいは美濃や信濃の者なのか、傍目にはわからないのだ。

そして信長は人目をはばかることなく、池鯉鮒宿の顔役に「今川殿の御軍勢を見物したい」と頼み込む。池鯉鮒宿の顔役も、砂金の袋を握らされると、あやしむことなく、良い場所を提供すると約束した。

先にも記したように、義元の乗輿は示威運動である。だから駿河や遠江の国内では騎乗していた義元が、尾三国境あたりから乗輿となるのだ。義元の乗輿を広めるためには、国人と呼ばれるほどの者ならば、山賊まがいでも海賊まがいでも構わず、一人でも多くの者に見せる必要があった。

見物の国人衆は今川方も大歓迎であり、奥三河からやって来た主従二騎が疑われることはなかった。池鯉鮒宿には、人相は悪くとも従者にかしずかれ馬に乗ってやって来た連中が、あふれていたのだ。

五月十七日、今川軍が池鯉鮒に差し掛かる。梅雨の最中であるにもかかわらず、この数日、真夏をしのぐ炎熱が照り付けていた。

「梅雨の晴れ間は厄介じゃのう」

この池鯉鮒で今川軍を見物しようと集まった輩どもの中から、漏れ聞こえてきた。

信長と掃部助は、それらの輩どもに混じって見物している。

「暑くてたまらん」

また、集まった輩どもの中から聞こえてきた。さかんに冷酒をあおっている者も一人や二人ではなかったが、信長は床几に腰を据えたまま、左手で扇子を使っている。

「来ました」

その傍らで掃部助のささやき声が緊張する。

馬の脚並みを揃えるように、義元を囲む馬廻衆が登場する。合わせて六十人。この暑さのなか、誰一人として威儀を崩さず、義元の輿を守っていた。

見物の連中がワイワイと騒ぎだす。みなつま先立ちになっていた。馬廻衆が囲む義元の輿を見ようとしていたのだ。信長は周りの連中に合わせるように床几から立ち上がったが、荘厳《そうごん》な義元の輿には一瞥もくれない。騒ぎ合う輩どもに紛れた信長が、傍らの掃部助にささやいた。

「一人一人教えよ」

信長の目当ては、この場で一人一人の顔が確認できる馬廻衆だった。

「あれが三浦左馬助」

掃部助のささやき声が、信長の耳元で聞こえる。

「どれが三浦左馬助だ」

信長に訊き返され、掃部助が控えめに三浦左馬助を指さそうとしたところ、まともに馬上の左馬助と眼が合ってしまった。

——顔を見られた。

左馬助とは駿府への年頭挨拶に赴いたさい、顔を合わせ言葉を交わしている。肝が縮む思いをこらえて掃部助は、左馬助にニッコリ一礼する。左馬助に戸惑った表情が浮かんだが、胡散臭《うさんくさ》げに一礼を返してきた。

——助かった！　左馬助はおれを覚えていない。

掃部助は叫びそうになりながら、さりげなく面を伏せる。他の馬廻衆の中に掃部助の顔を覚えている者がいるかもしれなかった。

周りは一目でも義元の輿を見ようと右往左往する輩どもで、大変な騒ぎである。掃部助は彼らの陰に隠れながら信長へ伝えた。

「あの栗毛馬が庵原右近、そして続く葦毛《あしげ》馬が庵原庄次郎《しょうじろう》、その背後で黒馬にまたがっているのが朝比奈主計——」

掃部助のささやき声を耳にするうち、信長の横顔に青筋が立ち引き締まっていく。もはや左手の扇子はぴくりとも動かず、信長の額から汗が噴き出してきた。

馬廻衆と義元の輿が行き過ぎてしまうと、信長が溜息をついて床几に腰を落す。また、左手で扇子を使いだした。

周りの輩どもが口々にぼやき合っていた。

「馬廻衆が邪魔で治部大輔殿の輿、よう見えんかったのう」

鼻がひん曲がるほど酒臭い息があたりに漂ったが、信長は気付いた様子もなく、床几に座して扇子を使い続けた。

三

五月十八日、義元の今川軍は尾三国境を越えて尾張国に入り沓掛城に宿営した。大改修が行われた城内に入った今川軍は整然と各々の持ち場に就き、その様は城外から望めば、不気味なほどに静まり返って見えた。

義元のもとに伺候した三浦左馬助が言上する。

「軍議の支度、すでに整っており申す」

「うむ」

うなずいた義元だが、西日の照り返しが御座所まで伸びているのを見やって付け加えた。

「ひとまず汗を流せ。みなの者にもさよう伝えよ」

左馬助の顔も汗まだらだった。左馬助が退くと、義元の眼に、まぶしい西日が飛び込んできた。これまで夕陽など眺めたことがなかった義元が、燃え上がらんばかりの光景に引き寄せられて西の空を眺めた。

間もなくして西の空を眺める義元のもとへ、再び左馬助が姿を現す。これから軍議だ。軍議の場に向かう途中、背後に従う左馬助の顔から汗と埃がきれいさっぱり洗い流されているのを見やって、義元がからかうように言った。

「ずいぶん男前になったではないか」

「髪も洗い申した」

「ほう、それは用意のいいことだ」

冗談めかして言ったはずの義元の言葉が、ひどく重い余韻を持ってしまった。

用意——とは「首」を取られたときの用意だ。

義元と左馬助が、顔を見合わせる、だが二人とも、祓《はら》いの作法など一切しない。

「参ろうか」

淡々と義元が告げると、畏まって左馬助は従った。

軍議の場に揃った面々は、いずれも引き締まった面持ちだった。

「始めよ」

義元が呼ばわると、さっそくに進み出てきたのは、鳴海城に在番する岡部五郎兵衛から派遣された岡部衆だ。その岡部衆の檄《げき》が声高に響いた。

「織田上総介、恐るるに足らず」

織田方は今川方の最前線である鳴海城と大高城のそれぞれに対し、複数の砦を築いて、その動きを封じようとしていたものの、もともとの領国であった此処で、已れの城砦に閉じ込められているのは、むしろ織田勢の方だった。

「この辺りの街道で見かけるのはお味方の軍勢ばかり。織田勢などついぞ見かけたことがござらぬ」

岡部衆が一座を見渡して、誇らしげに呼ばわる。その意気軒昂《けんこう》ぶりに、一座は沸き立ったが、首座の義元が手を挙げてこれを制する。義元がその岡部衆に告げた。

「鳴海城の五郎兵衛に伝えよ。この義元が五郎兵衛の働きを賞しておったと」

岡部衆をねぎらった義元が、傍らの三浦左馬助に命じる。

「大高道について申し述べさせよ」

これを受けて、三浦左馬助が瀬名氏俊《せなうじとし》の隊から派遣されてきた瀬名衆を指名する。

瀬名隊は義元の今川本隊に先んじて大高道に入った先発隊である。

義元の今川本隊は、明日、大高道を進み、大高城に入る予定だ。先発した瀬名隊の任務は、今川本隊が進む予定の大高道とその周辺についての偵察および警備である。

左馬助の指名を受けた瀬名衆が、緊張した態度を崩さずに申し述べた。

「あの付近は遠くから眺めれば、まっ平に見えますが、じつは無数の小丘が波のようにうねっており、現場には相当な起伏があり申す」

「つまり、その起伏に隠れて敵が不意打ちをかけてくる恐れがあるということだな」

三浦左馬助が応じると、瀬名衆がうなずく。さらに左馬助が質した。

「あの周辺の地名からして桶狭間《おけはざま》、田楽狭間《でんがく》だ。その通りの場所か」

「はい。地名の通りの『狭間』でございます。しかも丘と丘の間の低い場所には、いたるところに池や沼が口を開けておりまして、決して足場がよいとは申せません」

「なるほど。その足場が悪い場所を通らずして、大高に向かうのは無理か」

左馬助に問われ、瀬名衆が答える。

「いま申し上げた通り、大高道は狭間道と申してよい道にございます。五千にのぼる御軍勢が通過するとなれば、とても狭間道には収まり切れますまい」

「ならば、付近を見渡せる高所はあるか」

「ございます」

瀬名衆は進み出て、作成された絵図の二か所を示してみせる。その二か所ならば、もし大高道を進む義元の今川本隊を狙う敵が近づいてきた場合、間違いなく発見できると請け合った。

「あい、わかった」

質問を打ち切った左馬助が、義元の指示を仰ぐ。左馬助に代わって義元が、瀬名衆に問うた。

「その方の申した二か所が、はっきりせぬ。そこは山なのか」

「山と申すべきか丘と申すべきか。御屋形様の御不審はもっともにございますが、それがしが言上した高所に、定まった地名はございませぬ。地元の者どもが好き好きに呼ぶ名があるくらいでございます」

「さようか」

腕組みした義元が、傍らに整然と控える馬廻衆から二人を選んで命じた。

「行水《ぎょうずい》でさっぱりしたところを済まぬが、ただちにそこへ行ってくれ。瀬名の者、案内をせよ」

義元は事前にその場所を検分しておかねばと感じた。幸い、いまは一年の内で最も日が長い時期であり、外にはいまだ明るさが残っていた。すぐに発てば、瀬名隊の報告通りか確かめることもできるだろう。

「間違いがなければ、かねて定めた通り、大高道を進み大高城に入る」

「承り申した」

一座の者が揃って義元に平伏したが、先ほどの瀬名衆が手を挙げて義元に合図する。

「何か」

義元が問うと、その瀬名衆が遠慮がちに言上した。

「此処から大高までは決して遠くはございません。休みなしでも行けるかと存じますが、念のため、御本隊の休憩地を設けておいた方がよい気がいたします」

不測の事態に備えるという点では、もっともな意見だった。義元も一座の者たちも納得し、その瀬名衆は義元に指名された馬廻衆を二か所に案内したのち、瀬名隊に帰って、その旨を瀬名氏俊に伝えることに決まった。

義元に指名された二人の馬廻は、ただちに目的地へと飛ぶ。彼らが沓掛城に戻ってきたときは、すでに辺りは真っ暗だったが、二人とも会心の笑みを浮かべて義元に報告した。

「我らこの眼で、件《くだん》の高所からの見え方をしかと確かめてまいりました。正直なところ、あの瀬名衆の言葉を疑う腹も少しはあったのでございますが、行ってみて分かり申したのは、あの瀬名衆の申し様、控えめなほどでございました。すでに見下ろしの光景は薄暗くなっておったにもかかわらず、周囲には見通せぬ死角がない上に、瀬名衆が中継地を設ける予定の桶狭間はもちろん、見渡すかぎり全ての狭間の隅々に至るまではっきりと見え申した」

「大儀であった」

馬廻衆をねぎらった義元が、いまだ軍議の場でその報告を待ち続けていた一座の者たちへ告げる。

「松平次郎三郎、朝比奈左京の両陣に申し伝えよ。両勢の者ども、かねて定め置いたとおり、明日の夜明けを待たずに鷲津丸根の両砦へ攻め寄せるべし」

この義元の指令をもって、ようやく沓掛城の軍議は終わった。御座所に引き取った義元だったが、その灯を吹き消しても、眼が冴えたままだった。

真っ暗な中で、ふと義元の脳裏に、花倉の乱が起きた日のことがよみがえった。

あのとき、承芳といった義元を導いてくれたのは、太原雪斎と山本菅助だった。

「菅助、元気でいるかな」

義元の独語が闇に沈む。山本菅助を武田家にやったことを、悔やむ気持ちが義元に生じていた。

――土壇場で最も頼りになるのが菅助のような男だ。

そんなふうに思えて仕方がないのだ。そんな気分になるのも、雪斎を失ってからだろうか。

義元の吐息が闇を震わせる。花倉の亡霊を見た光景もよみがえってきた。忘れられないのは、あのときの花倉の瞳に怨念のかけらもなかったからだ。「行くな」と義元を止めようとした花倉の幻が忘れられない。

――禅師、禅師。

義元は花倉の幻を打ち消して懸命に呼びかける。

――おれは間違っていないよな。

だが何度呼びかけても、雪斎の答えは返ってこなかった。

酒でも飲まねばやり切れぬ思いに駆られたが、義元が宿直の者を呼んで酒を命じることはない。酒を飲もうとすると、いつも聞こえてくるのだ。コンコンと咳する声が。

――酒が飲めぬようになった。

まだ幼かった義元の心を暗くした亡父氏親の嘆く声だった。

幸い、義元には亡父のような症状は全くない。だが四十を超えたころから、ひどく気になり始めていた。亡父があのような症状を発したときの年齢が。

いったん気になりだすと、矢も楯《たて》もたまらなくなる。

一度、こんなことがあった。ある老臣を召したところ、その老臣は病床にあり、とても駿府館に参上できる状態でなかった。

すると義元はみずからその老臣の屋敷に赴いたのである。事情を知らぬその老臣と彼の一族郎党は、義元の動座を聞いて、みな真っ青だった。

寝床の上で硬直していたその老臣は、義元の問いを知って、すっかり拍子抜けしてしまった。

そんなつまらぬことをお尋ねになるために、わざわざお越しになったのですか――とは言えなかったが、拍子抜けした表情で、その老臣は首をかしげてみせる。

――確か御年は四十の半ばくらいだったような。

義元が聞きまわった老臣たちの答えは、みなそんな程度のものだった。

それくらいはおれも憶えている――と義元は腹立たしくなったが、そもそも亡父の症状は風邪気味のようなもので、人の記憶に残るような劇症ではなかったのである。

心にこびりつく不安を解消できぬまま、義元は酒を遠ざけるようになった。大酒家だった亡父の症状から、少しでも遠ざかろうとしたのだ。

四

今川軍の先陣を務めるのは、松平次郎三郎と朝比奈左京の両将である。沓掛城の義元からの指令が届き、明日の夜明け前に総攻撃と決まった。

松平次郎三郎は丸根砦、朝比奈左京は鷲津《わしづ》砦が持ち場だ。

鷲津丸根の両砦は織田方が大高城を封じる目的で築いたのであり、両砦の陥落を待って、義元の今川本隊は沓掛城を出発し大高道を進んで大高城へ入るのであろう。

その夜、丸根砦の攻撃に備えて大高城に先着していたのは、岡崎衆を率いる松平次郎三郎元康である。

夜半に入っても明々と篝火《かがりび》が焚かれた城内は、ひどく慌ただしい雰囲気だった。

そんな中で一人、大将の松平元康は、明日攻撃予定の丸根砦ではなく、小高い本丸から西の方角を望んでいた。

「惣領、何を見物しておられる」

腹心の鳥居彦右衛門《とりいひこえもん》が、背後から声をかけてきた。この鳥居彦右衛門は、みながいくさの用意にてんてこ舞いしているときに元康がぼんやりしていても、決して非難がましく難癖をつけたりしない。

「見てみろ」

元康が小声で彦右衛門を招き、望んでいた西の方角を指さす。真っ暗な光景が広がっていたが、目の前は伊勢湾であり、昼間ならば此処からは清洲まで望める。

元康が「見てみろ」と指さしたのは、伊勢湾に浮かぶ舟々の灯である。数十艘《そう》ほどだろうか。昼間よりも夜間の方が、灯のせいで舟の数と動きをはっきりとつかめる。

どの舟も今川方だ。いま目前に浮かぶ数十艘は義元の命令がありしだい、清州に向かって進撃するだろう。

「織田方は伊勢湾も奪われている」

元康の言葉に、彦右衛門はうなずき返す。この大高城によって、知多半島は今川方に封じ込められており、海上から奇襲する道も閉ざされている。

城内から岡崎衆の怒号が聞こえてきた。ふと彦右衛門が首をかしげる。聞きなれていたはずの訛《なま》りのきついだみ声が、ひどく間遠《まどお》に聞こえたのだ。

「広いな」

あたりを見回した元康が、独り言のようにつぶやいたが、それが彦右衛門への答えだ。

闇に閉ざされていても――いや、闇のなかであればこそ、沓掛城と同様の改修を大高城に施した義元の意図が身に沁みてくる。飛び交っている岡崎衆の激しい怒号を、いとも簡単に呑み込んでしまう懐の深さを感じさせた。

彦右衛門が手燭の灯に見え隠れしている元康の横顔をうかがう。

真っ暗な伊勢湾に浮かぶ舟の灯を望む元康の横顔は、とても十九歳とは思えぬほど老成していた。

彦右衛門は先代の次郎三郎（広忠）も先々代の次郎三郎（清康）も知っていた。どの次郎三郎も気が短かった。こんな所で真っ暗な伊勢湾の舟の灯を眺めているなどありえず、間近に迫った合戦に血道を上げて、岡崎衆を叱咤していただろう。

いま彦右衛門の目の前にいる次郎三郎も、祖父や父と同じく短気な生まれつきのはずだった。彦右衛門はまだ竹千代といったころの元康が、つまらぬ癇癪を起すのを、何度も己れの眼で見ている。

その元康が、いつの間にか、祖父にも父にもない落ち着きを備えて、岡崎衆の前に姿を現した。

「何かございましたのか、駿府で」

さりげなく尋ねた彦右衛門へ、淡々と元康は答えた。「禅師の教えだ」と。

若年寄じみた元康から教訓話でも聞かされるのかと、彦右衛門もまじめくさった顔になる。その彦右衛門に元康が話し始めた。

「おれが初めて禅師に会ったのは――」

天文十八年の人質交換のときだった。安祥城を攻め落とされて三河国への足掛かりを失った当時の織田信秀は、城将の織田信広を捕虜に取られて、せっかく手に入れた竹千代（元康）との人質交換に応じざるを得なくなっていた。その人質交換の場で、初めて雪斎に会ったのだが、黒糸縅《おどし》の鎧をまとい坊主頭に鉢巻きをした姿に、八歳だった元康は足がすくんだという。

「あんな怖い人に会ったことはない」

当時を思い出すように元康が発した。

駿府へ送られた元康の教育は雪斎に任されることになったが、義元の代理だった雪斎は多忙で滅多に住寺におらず、たまに教えられる禅学も、難しくて元康には何のことやら分からなかったという。

「まぁ、こうだな」

にこりともせずに元康が右の耳から入って左の耳から抜けていくしぐさをしてみせる。

「はぁ」

話の展開が読めなくなった彦右衛門へ、何食わぬ顔で元康は続ける。

「禅師は何でもお見通しの方でな。共に学んだ北条助五郎（氏規《うじのり》）はおれよりは禅学がわかる者で、しばしば禅師に問答をしかけておったが、禅師は助五郎が何を訊いてくるのかなど、訊かれる前から見抜いておられた。だが北条助五郎はまだいい。困ったのはおれだ。禅師がおれの方に眼を向けて『竹千代殿、分からぬことなどおありかな』と聞かれたときなど、おれは肝が縮みあがったぞ」

「はぁ」

彦右衛門の返事が気の抜けたようになっていく。その彦右衛門を横目に元康が尋ねる。

「彦右衛門、禅師が猫を飼っていたのを知っているか」

「はい。禅師が示寂したのち、人づてに聞いた噂だけではございますが」

「彦右衛門、おれがそのときの禅師の真似をしてみせようか」

元康が突然、歌い始める。

♬あらまっちゃんデベソのちゅうがえり
呆気に取られて彦右衛門が元康を見つめる。だが元康は平然と、そのときの雪斎の真似をしてみせた。おかしな歌を歌いながら、羽根らしきものが付いた細い鞭《むち》で、無心に飼い猫と遊ぶ雪斎の真似を。

♬あらまっちゃんデベソのちゅうがえりぃぃ

声を裏返させて元康は歌う。

「あのときの禅師の顔は、童子だったな。六十の童子だ。不気味だろ」

その光景を元康が目撃したのは偶然だった。

「禅師がなぜ童子に返ってしまったか分かるか、彦右衛門」

返す言葉もない彦右衛門へ、元康は続けた。

「安息を求めたからだ。安息を求めると、禅師ほどの人ですら、ああなる」

やはり彦右衛門は黙したままだ。その彦右衛門の顔をおかしげに見やって、元康は告げた。

「これが答えだよ」

「え？」

「おれが短気でなくなった理由を問うた彦右衛門への答えだ」

「はい」

生返事の彦右衛門へ、あくまで淡々と元康は説く。

「彦右衛門、人はなぜ短気を起こすと思う。それは安息にたどり着きたいからだ。安息を求めて躍起となり短気を起こすのだ。祖父も父も安息を求めて短気となり、結果、安息は得られなかった。だからおれは端から安息など求めないことにした。この世に安息などない。そう思い切らせてくれたのが、あの禅師の姿だったのだ」

元康の話が通じたのかどうかは定かではないが、今川氏の強大な権力に押さえられた岡崎衆の鳥居彦右衛門は、その象徴ともいえる太原雪斎の意外な弱味を聞けて、大いに勇気づけられた。

「今川の盤石《ばんじゃく》ぶりにも隙が生じましょうや」と意気込んで問うたところ、元康は冷めた表情で「わからん」とかぶりを振るばかりだった。

「おれにできることは夜が明ける前に御屋形の命に従い丸根砦に攻め寄せることだけだ。他のことを考えても始まらん」

そう言い捨てると、元康は館の方へ踵《きびす》を返す。彦右衛門の脇を擦り抜けようとしたため、彦右衛門は少しさがって道を開ける。その彦右衛門の耳を、警句のように元康の歌う声が揺さぶった。

♬あらまっちゃんデベソのちゅうがえり

五

その夜、織田信長の清洲城へ、織田の宿老たちが、浮足立って集まってきた。みな心ここにあらずの体で、口々にささやき合う。

「もう今川勢は沓掛まで来ているぞ。明日は大高かな。鳴海かもしれん。どっちにせよ、明後日はこの清洲だ」

そう考えると生きた心地もしないが、軍議の間に集った宿老たちは額を集めて鳩首《きょうしゅ》協議を始める。だが首座にある肝心の信長は、何も言わない。

清洲城に籠城してはどうか、との案が出たが、やはり信長は諾《だく》とも否とも言わない。夜が更けて宿老たちの顔にも疲れが見え始めると、ようやく信長が口を開いた。

「今日はこれまで」

そう言い捨てると、さっさと奥へ入ってしまった。その場の宿老たちは拍子抜けして顔を見合わせたが、信長がどうして彼らを信用できようか。

どの宿老の顔にも、できることなら今川に投降したい、と書いてあった。織田の宿老を代表する林佐渡《はやしさど》や柴田権六《しばたごんろく》は、信長が実弟の勘十郎信行と家督を争ったさい、勘十郎の方に付いたのである。機を見るに敏《びん》な柴田権六は、信長の有利を見抜くや、素早く方向転換して信長方となったが、このたびはどう見ても信長の不利である。そもそも林や柴田は、亡父信秀が戦国大名に台頭するまで、ほぼ同格の国人であり、信長は彼らに忠誠心を期待する気など、さらさらなかった。

信長が奥の寝所に入ってしまったのは、他の誰かから行動を見張られるのを避けようとしたからだろう。清洲城内に今川方への内通者がいたとしても、少しの不思議もなかった。

寝所に入ったからといって、信長が寝たとは限らない。いや、当たり前に考えれば、眠るどころではなかったはずだ。

息を殺すようにして信長が待っていたのは、尾三国境の辺を縄張りとする簗田《やなだ》出羽からの注進だった。

成り行きで信長に味方することになってしまった簗田出羽だったが、織田家は津島や熱田の港を押さえた大富豪であり、褒賞金の点で今川よりもはるかに期待できた。

――とはいっても、それは織田が勝ったときのことだが。

信長と同じ賭けに乗ることになった簗田が、その雇い主から注進するよう命じられたのは、今川軍が真っ先に攻撃するのはどこかの、ただ一点だけである。

――同行の藤吉郎に知らせよ。

そう命じられていた。それだけではたいした金はもらえないと思った簗田が、いろいろと売り込んでみる。

――今川軍はおそらく大高道を進むはず。だから今川軍が真っ先に攻めるのは鷲津丸根の両砦だと思いますが。

探索の成果を披露してみたが、同行の藤吉郎は、まるで信長が乗り移ったような口調で言うのである。

「憶測でものを言うな」

「憶測ではない」と簗田が反論したところ、軽輩者のくせしてふんぞり返った藤吉郎が舌鋒するどく言い返してきた。

「わごれは義元か。決めるのは義元であって、わごれではない。大高道に今川の先発隊が出ておったからといって、今川の本隊がその通りに動く保証はない。いまだ鷲津にも丸根にも一兵の今川勢もおるまい。もし今川勢が本当に鷲津丸根の両砦に攻め寄せてきたなら、わごれがその眼で鷲津丸根の両砦に攻め寄せる今川勢を見たなら、即刻それを注進せよ。予断でものを言うな」

思わぬ藤吉郎の迫力に気圧されて、簗田は信長の命令を忠実に実行すると誓ったが、その注進を清洲に伝えるのは飛脚である。

「早舟が使えればよかったんだけどな」

素に戻った藤吉郎がぼやく。早舟ならば藤吉郎がみずから急使となって清洲に行き、信長に詳しい戦況を説明できるが、飛脚となると質疑応答ができず、伝達事項のみの報告となる。

となれば今川軍が当初の予定通り大高に向かうのを祈るしかない。そうなれば織田方も当初の予定通りに作戦を進めればよく、伝達事項の報告だけで事足りる。

気が遠くなる思いで今川軍の出方を待っていたのは、現場の簗田出羽、木下藤吉郎も清洲城の信長も変わらなかっただろうが、五月十九日の夜が明ける前（午前三時ころ）に、松平次郎三郎、朝比奈左京の両陣が丸根鷲津の両砦に向かって動きだした。

清洲城中の己れの寝所で注進を受けた信長が、そうすまいとしても吊り上がってしまうまなじりを小姓に向けて「行くぞ」と告げる。

信長は「どこへ」とは言わない。今川軍の先陣の両隊が丸根鷲津に向かった以上、義元が大高道に出るのは確実であり、奇襲の機会はそこにしかなかったが、信長はここで桶狭間付近での奇襲を決めたわけではない。全ては臨機応変だったが、それはこの期に及んでも義元襲撃の目途が立っていなかったということでもある。

気が急《せ》いてならない信長は立ったまま湯漬けを掻き込んだが、おそらく菜は信長が好む塩辛い鮭や漬物だったのだろう。これが最後の食事になるかもしれない——との思いは脳裏にこびりついて離れなかったが、三杯の湯漬けをぺろりと平らげた信長は、健全な己れの胃の腑にほくそ笑んだに違いない。

信長が清洲城から出撃したとき、まだ夜は明けておらず、数騎の小姓衆しか従えていなかったため、この時点で信長の出撃を知っていたのは、一部の側近たちだけである。清洲城下はもちろん、おそらく城内にもいた今川方の間者たちにとっても、忽然《こつぜん》と消えた信長は、しばらくのあいだ行方不明であった。

六

今川本隊は鷲津丸根両砦の陥落を知らされるまで、決して沓掛城から出ようとはしなかった。

五月十九日の夜が明け、梅雨はどこへ行ったのやら、前日をしのぐ強烈な炎熱が照り付け始めたころ、松平次郎三郎と朝比奈左京の両陣から、持ち場である織田方の砦を攻め落としたと報告があった。

――予定通りですな。

そう三浦左馬助は義元に言上したが、予定通りでなければ困るのだ。今川方は丸根鷲津両砦攻略のため、松平次郎三郎・朝比奈左京の両将に、丸根鷲津の両砦の守備兵に十倍する兵を付けた。城攻めを順調に進めるには守備方の三倍の兵力が必要だが、義元は十倍の兵を付けたのである。

それでもうまく捗らない場合も考えられ、そのときには大高城入りを延期する算段となっていた。

「（松平）次郎三郎も（朝比奈）左京も安堵したことであろう」

両砦の陥落を知らされた義元は左右に漏らしたが、義元の今川本隊は安堵するどころではない。これから厳重に防御された沓掛城を出て、大高城に向かわねばならない。大高城にも沓掛城と同様の防御が施されているが、そこに到着するまでの間、今川軍は堀も塀もない状態で敵地の真っ只中にある大高道を進まねばならなかった。

いったん義元が沓掛城を出たならば、いかなる支障が起きようとも、日の高いうちに必ず大高城に入ってしまわねばならない。瀬名衆の進言を入れて念のための中継地を設けたが、できれば行軍を止める危険を冒すことなく、大高城までたどり着いてしまいたかった。

義元の動座に先んじて、前日に実地踏査しておいた、付近を三百六十度視認できる二か所――地元の者が幕山、巻山と呼んでいる――へ、監視警備の一隊を送る。他にも鳴海城へ向かう場合に備えて、鳴海城将の岡部五郎兵衛が一隊を派遣した高根山にも、警戒体制を取らせる。鳴海城の向城《むかいじろ》として善照寺、丹下、中島の織田方三砦があり、高根山に三砦の動きを見張らせるためである。

義元の今川本隊に先行して大高道に出ていた瀬名隊は、本隊が昼食休憩を必要とした場合に備えて桶狭間付近に陣地を設営したのち、隊将の瀬名氏俊は本隊を迎える部隊を残して大高城へと向かう。

諸隊がすべて予定通りに動いたのを確認し終えると、義元の今川本隊が、いよいよ沓掛城を出る。そろりと城外に出たとたん、五千の将兵は得体のしれぬ敵国の空気を肌で感じる。前日には自在に動けていたではないか、と言うかもしれないが、いまは馬廻だけだった前日とは重みが違う。

この日の出陣は本番だ。この本隊には総大将今川義元がいるのである。五千の将兵はその先の落とし穴を恐れるように慎重に進んだが、そんな彼らを迎えたのは梅雨の時季とは思えぬすさまじい炎暑だった。

暑い――とにかく暑い。

犬のように舌を出しかけた将兵たちは、うっかり天を仰ごうものなら、眼がくらんで倒れてしまう。早く大高城に入りたい、との思いは義元以下みな同じだっただろう。だがそうはいかないのである。このたびの出陣には、合戦と同じくらい大事な目的があった。

示威運動である。

今川氏の最終目標は尾張国の領国化である。今川氏の本拠を駿府から尾張国に移そうとすれば、尾張国を駿河国と同様の領国にしなければならず、そのためには合戦に勝利するだけでは不十分だった。

尾張国の住人に、今川の威信を示す必要がある。

もし安全だけを考えるなら、義元は馬廻衆に囲まれて、大高道を一気に騎馬で駆け抜けた方がよいに決まっているが、そんなことをすれば、尾張の住人たちの眼に、今川は織田を恐れ、織田から逃げているように見られてしまう。

だから義元は示威の象徴である輿に乗って、ゆっくりゆっくりと進まなければならない。輿の中は蒸し風呂状態で、義元は猛烈な日差しに照り付けられる他の将兵にもまして、暑さの洗礼を受けねばならなかったが、それでも「東海一の弓取り」としての威儀を崩しはしなかった。

おまけに街道には、近在の庄屋たちが、樽酒と肴《さかな》をみやげに続々とご機嫌うかがいにまかり出てくる。尾張国の領国化を考えれば、これらの庄屋たちを無視するのは得策ではなく、義元の本隊はいちいち立ち止まらなくてはならなかった。

何が起きるか分からぬ敵国の只中で、炎熱に集中力を奪われながら、ヨタヨタと進むのはよくない。

「御屋形様」

騎乗の三浦左馬助が輿の中の義元に呼びかける。

「どうやら大高城まで一気に行くのは難しいようにございます」

すると輿の中から義元が命じてきた。

「昨日、瀬名の者が念のため設けておくという場所で弁当をつかい休憩を入れよ。このままではみなの体が保たぬ」

義元の今川本隊は、桶狭間付近で行軍停止することに決まった。

七

わずか数騎を率いて清洲城を出撃した織田信長は、日が高くのぼり始めたころ、熱《あつ》田《た》に到着した。

　ここで信長が織田兵の到着を待ったことはよく知られている。熱田までの道中で信長に追いついた織田兵もいたが、一軍の編成を終えたのはここ熱田である。合戦を志す以上、数騎数十騎で戦うわけにはいかない。清洲で行方をくらました信長の所在は、この熱田で明らかとなってしまったが、清州の今川方間者は、すっかり手薄となってしまっていた。北部を迂回する今川別働隊を信長が目指したと勘違いして、鳴海大高方面とは逆の方角に向かった者や、信長が逃亡したと早合点して、西の美濃方面へ探索に出た者もいた。

　だが手薄になっても、最も織田領に接近した鳴海城の岡部五郎兵衛に、信長が熱田にいるとの報告は送られたようだ。岡部五郎兵衛は鳴海城と対峙する善照寺、丹下、中島の三砦のいずれかに信長が入ると睨んで、今川方の間者に報告を密にするよう求めたが、清洲で信長の目くらましに遭った今川方は情報網が完全ではなく、その後の信長の行方をしばしば見失った。

　熱田の信長は集結した兵の士気を鼓舞したりしたが、彼が一軍の編成場所に熱田を選んだのには、別の理由もあったようだ。

　この熱田で伊勢湾の水運を担っている加藤家に、伊勢湾の状況を尋ねる。もし伊勢湾の今川方警備に隙があれば、鳴海方面に出撃すると見せかけて海上を迂回して大高付近に上陸し、大高城に入ろうとする義元の今川本隊の不意を強襲できるのでは、と考えたのだ。

おそらく信長は、この海上迂回策の方が、今川方が監視の眼を光らせる鳴海方面に向かうよりも、奇襲の成功率が高いと睨んだようだが、伊勢湾の状況は信長の予想を超えて厳しかった。

もはや伊勢湾に織田の味方をする海賊衆は、信長の紐《ひも》が付いた熱田の加藤家以外にいない、と言うのである。伊勢湾の水運を担う衆は尾張国の者ばかりではない。伊勢国の者も大勢いた。古くから伊勢米を輸入していた駿河の今川氏は、伊勢衆の得意先であり、知多半島が今川方の手に落ちると、みな先を争って今川方に帰参してしまった。

——金払いにならば織田の方がよかったはずなのに。

おそらく信長は内心で落胆しただろうが、平然とした顔をして「で、あるか」と応じる。いくら気取ってみても、もはや道は一つしか残されていない。鳴海方面に出撃するしかなかった。

幸い、六角氏を通して根来から連れてきた鉄砲衆は、逃亡もせずに熱田で信長の到着を待っていた。ここで一働きして、たっぷり恩賞金をせしめようとの腹なのか、逃げようにも伊勢湾の舟がみな今川方となってしまったため、その便がなかったのかはわからない。

根来衆を率いる神尾某《なにがし》が、腹に一物ありそうな顔で信長に問う。

「織田の殿、我らの働き場はいかに」

奇襲に鉄砲は必要だ、などと理屈を説いてみても始まらない。そこで信長は相手を煙に巻くようにささやいた。

「もし、義元の首を取れれば一万貫文だ」

途方もない額だったが、大富豪である織田家の当主の口から出れば冗談には聞こえない。

そんな瀬戸際の場で鉄砲衆を使うかどうか、いや、瀬戸際まで行けるかどうかも分からなかったが、信長は自信満々の顔で、恩賞金と危険を両天秤にかけている神尾のあたま越しに、根来鉄砲衆へ呼ばわる。

「しっかと働け、根来の者ども」

大音大喝するや、信長は根来衆を引きずるように熱田を後にした。

八

義元の今川本隊が桶狭間付近の中継地に入ったのに、織田方で初めて気づいたのは簗田出羽だった。この辺りの顔役だった簗田は、剣呑な様相を呈してきた大高道とその周辺を、同行の藤吉郎と二人だけで徘徊しても、あちらの茂み、こちらの物陰に潜むいくさ場の釘拾いたちに手出しされる恐れはなかった。

前日から瀬名隊が、桶狭間付近に陣地らしきものを設営しているのは、簗田も知っていた。だがそれが何であるのかまでは、部外者の簗田には分からない。

だから簗田も、大した期待はせずに、瀬名隊が設営した場所をのぞいてみた。空っぽかもしれないと思ったところ、明らかに今川の本隊とおぼしき五千が、桶狭間山とその周辺にひしめいていたのである。

「おい、見ろ」

いつも冷めた顔をしている簗田出羽が、興奮を抑えかねて藤吉郎にささやく。

「あれは今川の本隊だ」

藤吉郎から返事はない。舌打ちした簗田が其方を見やったところ、藤吉郎は瞬きすら忘れて、その光景を見つめていた。

「間違いない」

今川本隊が沓掛城を出たのは確かだ。大高城に入っていないのも確かだ。これは現地では隠密でも何でもなく、その辺をうろつきまわっていれば、誰の眼にも明らかだ。だから近在の庄屋たちが苦もなく、ご機嫌うかがいに参上できたのだ。

「すぐに上総介様にお知らせせよ」

興奮冷めやらぬ体で、簗田が藤吉郎をせっつく。

「いま、上総介様はどの辺まで来ておられる」

簗田からせっつかれ、藤吉郎は「うむ」とうなったきり、黙り込んだ。ややあってから藤吉郎が、鳴海方面を望む。そちらの方角に、善照寺、丹下、中島の織田方の三砦があった。

「行ってみるしかあるまい」

藤吉郎が軽いしぐさで腕組みをする。

「だが、このまま行っても無事には着けまい」

織田方の三砦を目指そうとすれば、途中で高根山の今川哨戒《しょうかい》線に掛かる恐れが強かった。

しばらく腕組みしたままの藤吉郎が、ひょいと視線を物陰に向ける。そこはいくさ場の釘拾いたちが潜んでいる場所だ。そちらにすたすたと歩いていった藤吉郎が、再び戻ってきたときには、すっかり釘拾いの恰好になっていた。

「銭をやって、身じまいを取り換えたのだ」

藤吉郎は、こともなげに簗田に言う。もともとはたらき者だった藤吉郎には、いくさ場の釘拾いの恰好も似合ったが、その姿を見やった簗田がつぶやく。

「ほんとうは馬があった方がいい」

「馬は簗田から借りることにするよ」

藤吉郎の返答を聞いて、簗田は微苦笑する。とぼけた顔をしているが、藤吉郎は知っていたのだ。簗田が馬の売買をしていたことに。合戦で馬は消耗品である。いくさ場では軍馬も荷駄馬も値が跳ね上がる。それを見越して簗田は近在の馬を買い占めていた。

「いくらで買う。藤吉郎に変な馬はつかませんぞ」

それに応じて藤吉郎が馬の買値を言うかと思いきや、藤吉郎は簗田にかぶりを振ってみせた。

「ここはタダで貸すべきじゃないのか、簗田」

「え？」

きょとんとした簗田へ、藤吉郎はむしろ居丈高に告げる。

「おれは上総介様に大事の報告に向かうのだ。その大事に使う馬が簗田によって献納されたと上総介様が知れば、さぞ覚えもめでたかろう。だが献納すべき馬から簗田が銭を取ったと上総介様が知れば、簗田、そなたは無事では済むまいな」

励まされているのか脅されているのか、よくわからなくなったが、藤吉郎の言うとおりに、簗田は馬の銭を取らなかった。

「上総介様によしなに伝えおく」

まるで殿様のような言葉を残して藤吉郎が馬で走り去ると、その場に残された簗田が夢から覚めたようにつぶやく。

「織田が勝った場合だけだな。上総介様の覚えを気にかけねばならんのは」

九

簗田出羽からせしめた馬で鳴海方面に疾駆した藤吉郎の視界を遮って、山陰から不意に軍勢が飛び出してきた。

数百ほどだろうか。掲げている軍旗に見覚えがあり織田の一隊のようだが、遠目に見ても藤吉郎には、それが信長の本隊ではないとわかった。

信長の馬廻衆がいなかったからだ。

藤吉郎がいま目の前に現れた織田の一隊に信長の居場所を問い合わせるべきか思案しているうちに、とんでもない事態が勃発《ぼっぱつ》した。

目の前の織田の一隊が、高根山の今川隊へ攻めかかっていったのだ。

「うひゃあー」

藤吉郎が素《す》っ頓狂《とんきょう》に叫ぶ。平静ではいられぬいくさ場では無理からぬことだったが、どうやらその織田隊を率いる将は、すっかり頭に血がのぼっていたに違いない。高根山の今川隊を倒せると踏んで攻めかかっていったのだろうが、そこは鳴海城から丸見えだ。織田隊が高根山を攻めれば、鳴海城将の岡部五郎兵衛が救援に駆けつけるに決まっている。

だが藤吉郎が素っ頓狂に叫んだのは、その織田隊の暴走を案じてのことではない。こんな所でいくさを始められては、藤吉郎も巻き込まれてしまうのである。せっかくいくさ場の釘拾いの恰好をしたのに、ここで両軍が衝突したなら逆効果だ。いくさ場に釘拾いの姿が珍しくなく、その辺にいても見逃してもらえるのは、あくまで合戦の前後であって、合戦の最中に釘拾いがうろうろしていれば、真っ先に邪魔者として殺されてしまう。

慌てて藤吉郎は、その場から離れようとしたが、高根山とは逆に逃げようとして、鳴海城から突出してきた岡部隊にぶつかりかける。

「早すぎるぞ」

鳴海城から岡部隊が出てくるのが——である。

どうやら、と藤吉郎は息絶え絶えに漏らす。

——岡部五郎兵衛はいま高根山に攻めかかった織田隊が、信長の本隊だと勘違いしたらしい。

ここは岡部五郎兵衛の勇み足を嗤うべきだったが、残念ながら藤吉郎には、そんな余裕はない。「その隊に信長様はおらんぞ」と説得したいくらいだったが、血走った貌《かたち》を並べた岡部隊の面々を一瞥《いちべつ》すれば、踵を返して逃げるしかない。

藤吉郎は高根山に引き返すような形となり、両軍の衝突に巻き込まれてしまった。たちまち殺気だった両軍の兵に囲まれる。

「この蛆虫《うじむし》め、ひねりつぶしてくれる」

両軍の兵の怒声を聞いて、藤吉郎はその殺気の群れから身をかわすように馬をジグザグに走らせた。武勇には自信がない藤吉郎だが、逃げるのには慣れている。罵声と怒声と槍穂に脅かされながら、藤吉郎は何とか彼らの眼が届かぬ物陰まで逃げ込む。そのまま乗馬の尻を叩いて、物陰の外へ追い出す。いくさ場に飛び出た馬が槍衾《やりぶすま》に掛かり、耳を塞ぎたくなるいななきを残して横倒しに転げる。

そこに藤吉郎の姿がないのを見た兵たちが、舌打ちして槍から血をビュンと払う。ザアーと目の前の茂みに血しぶきが躍って、藤吉郎は冷や汗をかいた。そのまま来られたなら終わりだったが、いくさ場の方で、どっと喊声が湧くや、兵たちは其方に向かって駆けだしていった。釘拾いの首を取っても手柄にならないからだったが、危機を脱した藤吉郎も、うかうかとはしていられなかった。

此処は、いくさ場のど真ん中である。こんな場所に隠れていては、早晩どちらかの兵に見つかってしまう。こんな場合、味方である織田兵も、敵の今川兵と同じくらい危険だった。そもそも先ほど藤吉郎を追いかけてきたのが織田兵であったのか今川兵であったのかも、藤吉郎にはわからない。

——このままじゃ、どっちかの兵に見つかってお陀仏《だぶつ》だ。

いくさ場では岡部五郎兵衛の今川勢によって、織田隊が殲滅《せんめつ》されかけていたが、藤吉郎はそれどころではない。意を決して物陰から出ようとしたところ、矢弾《やだん》の洗礼を浴びそうになって、慌てて元の物陰に引っ込む。

「困ったな」

わざと気軽に言ってみたが、さすがの藤吉郎も此処で立ち往生だ。やり過ごせるなら此処に隠れていればいいが、もし掃討《そうとう》戦になれば、こんないくさ場のど真ん中が見逃されるはずがない。たちまち発見されて、槍の一突きで終わりだ。

槍で突き刺される最期を想像して身ぶるいした藤吉郎だったが、しぶとく周囲を探ったあげく、とうとう幸運を見つけた。

いくさ場を見下ろす小高い丘に、武田の家紋を見つけたのだ。後世の観戦武官のようなものだが、そこに藤吉郎が向かったのは決して偶然を期待してではない。

両軍の兵に見つからぬよう、用心深く其方に向かった藤吉郎は、武田菱の旗の下、床几を据えて合戦を検分する武田家臣の中に、織田掃部助の姿を見とめた。

ここでむやみに飛び出し、狼藉者として武田家臣に成敗されては元も子もない。釘拾いの恰好なのだ、藤吉郎は。だから折り目正しく控えて、両の手のひらを武田家臣たちに広げてみせる。白旗でも掲げたいところだったが、その用意はないため、大げさなほどに敵意のない身振りをしてみせたうえで、織田掃部助に呼びかけた。

「もうし、もうし」

自分が呼ばれていることに掃部助は気付いただろうが、初めて藤吉郎を見たような顔で、こちらへ視線を投げてくる。だから藤吉郎も「もうし」と声をかけただけで、「掃部助殿」とは呼びかけなかった。

掃部助が胡散臭げな顔をしてみせ、傍らの朋輩たちにに何事かささやいている。それらの朋輩たちも、声をかけられたのが掃部助であった時点で、釘拾いの恰好をした藤吉郎が織田方だと察したに違いない。

武田家は今川家と同盟を結んでいたにもかかわらず、朋輩たちは敢えて気づかぬふりをしてきた。この場の武田家臣たちは、織田掃部助の動きを黙認しているのが誰なのか知っていたようだ。

織田掃部助が無表情に、藤吉郎の方へやって来る。密談していると取られぬよう、釘拾いの恰好をした藤吉郎を見下ろして発する。

「何の用だ」

藤吉郎にだけ届く声だった。

「上総介様へ急ぎ注進の儀あり。この場を無事に抜けるには、武田家の御旗が要り申す。よって手ごろな一棹をお借りしたい」

藤吉郎も掃部助にだけ届く声で応じる。何を「注進」するのかは言わない。掃部助も聞こうとはしなかった。

「武田菱《びし》の御旗《みはた》を貸すわけにはいかんが」

掃部助は自身が背に指した小旗を抜き取りながら応じる。

「この旗ならば貸そう」

もし途中で藤吉郎が今川方の手に掛かったとしても、掃部助の小旗ならば、いくらも言い逃れができる。

小旗を渡して早々に立ち去ろうとした掃部助の背中を、「あの」と藤吉郎が呼びとめた。

「旗だけでなく、御召し物も貸していただけませんか」

こちらを振り返った掃部助に、藤吉郎にはよく似合っているが、まともな武士には見えぬ釘拾いの恰好を示してみせる。

無視しようにも、すでに藤吉郎はその出来損ないの衣装を脱ぎかけていた。苦笑した掃部助が、馬の背に具足櫃《ぐそくびつ》や唐櫃《からびつ》を載せて控える己れの従者の方へ、顎をしゃくった。

掃部助は乗り替えの馬も一頭貸す羽目となり、すっかり武田武士みたいになった藤吉郎は、血みどろのいくさ場を尻目に、信長の本隊をめざして駆け出していく。

間もなくして藤吉郎が巻き込まれた局地戦は終わった。今川方の圧勝である。だが高根山で、討ち取った織田隊将の首実検を行う岡部五郎兵衛は、しきりに首をひねっていた。

隊将の首級は信長ではなかった。佐々《さっさ》隼人正《はやとのじょう》だったのである。

——それは、まぁいい。

期待外れではあったが、いくさ場ではよくあることだ。

だが佐々隼人正の軍勢が、どこから来たのか分からなかった。捕虜を尋問してみても、善照寺から出てきたと言う者、中島からだと言う者、丹下の城番だったと言う者。熱田から来たと言う者もおり、みなバラバラでさっぱり要領がつかめない。

「信長の本隊はいまどこだ」

高根山で五郎兵衛が独りごちたとき、藤吉郎は釜ヶ谷《かまがや》と呼ばれた所をめざしていた。

決して当てずっぽうではない。この辺りが信長の鷹場だったことは、藤吉郎も承知である。土地勘のある信長が、大高道で義元を奇襲しようとする場合、他の場所に潜伏するとは考えづらかった。

少し離れた場所から釜ヶ谷を望んでみても、むしろ平坦に見え、織田兵の潜む場所があるようには見えない。だが慎重に近づいてみれば、そこは意外に深い谷であり、数百程度の軍勢なら、すっぽり覆い隠せることがわかる。

藤吉郎は此処で鷹狩りなどしたことはないが、尾三国境地帯は武器の密輸等が行われるなど、はたらき者には馴染みが深く、この辺をうろつきまわっていた者にも土地勘があった。

釜ヶ谷に潜む織田勢を発見した藤吉郎は、そこに信長の馬廻衆がいるのを見つけて、躍り上がった。

信長の本隊だ――と、駆け込んでいく。織田方は突如、乱入してきた武田家臣の恰好をした武士を見て、ぎょっとしたように身構える。どんな対応をすべきか迷いながら、勿体付けて一礼したところ、相手をよく見れば藤吉郎ではないか。

拍子抜けした織田兵を尻目に、藤吉郎は「殿、大事にござるぞ」と大音声に呼ばわる。すぐに馬廻衆に囲まれた信長が姿を現す。

この先の桶狭間で義元の今川本隊が休憩している、と知らされ、馬上の信長がひらりと舞い下りた。周りの馬廻衆が呆気に取られたように、主人の姿を見やる。信長が、いきなり地べたを拳骨《げんこつ》で殴りつける。「行くぞ！」と吠えた。

馬廻衆もどよめく。

「此処まで来たかいがあった」

馬廻の誰かが叫ぶ。

信長の本隊は六、七百くらいだろうか。少ないが、そのほとんどは戦闘員だ。信長みずからの指揮によって、今川方の監視の眼をかいくぐりながら山陰丘陰を隠れ進んできたのである。そして最も厄介な岡部隊が佐々隊を信長の本隊と勘違いして殲滅している隙に、その脇を擦り抜けてこの釜ヶ谷までたどり着いたのだ。

「桶狭間はすぐそこだ」

しかも起伏が折り重なっているおかげで、此処は桶狭間の今川隊から、まったく見えないのである。

「お誂《あつら》え向きじゃないか」

しゃがれ声で叫んだのは、信長自身だったのかもしれない。

織田方は奇襲の成功を信じて、我先に桶狭間に殺到しようとした。勇躍する馬廻衆を中心とした織田隊の後から、例の根来鉄砲衆が、ちっとも似合わぬのに源平の大将みたいな黄金造りの大小を帯びた姿で、のろのろと付いてくる。

このまま突撃すればいい、鉄砲衆はいらんな――信長でさえ、そう思っただろう。

突入せよ、と大音声を上げかけた信長が、ぴたりと足を止める。あとに続く織田勢がみな怪訝な面持ちに変わった。

「殿、いかがなされた」

苛立たしげに呼ばわったのは、馬廻衆筆頭の佐々内蔵助《くらのすけ》か。その内蔵助が信長と肩を並べるようにして、同じ光景を見やる。

内蔵助も信長と同じように立ちすくんだ。

そこは地べたが持ち上げられたような丘であり、確かに桶狭間一帯に滞陣する今川の本隊が望めた。

だがもし、しめたとばかりに信長が全軍に突撃の指令を下していたなら、信長はもちろん織田隊のほとんどの武士は、その場で討ち取られていただろう。

「いかん」

信長がすんでのところで今川本隊に攻めかかろうとした織田勢を止める。織田勢は信長の気迫に押し戻されて、元の釜ヶ谷に引っ込んでいった。

桶狭間の今川本隊は無防備に見えて、三方から厳重に守られていた。幕山《まくやま》でも巻山《まきやま》でも、そして前日まで先発の瀬名隊が布陣していた場所にも、戦闘態勢の今川勢が桶狭間に近づく敵がいないか見張っていたのだ。

釜ヶ谷に織田勢を押し戻した信長は、なおもその場にとどまり、桶狭間の今川本隊に接近する方法を探る。

この辺りはかつての鷹場であり、どこがどのような地形であるか、すべて信長の頭に入っている。だから複雑に起伏がうねる地形を利用して、山陰丘陰を縫《ぬ》うように此処まで迫ってきたのだ。

「ううむ」

信長が低くうなった。此処から先は、どうにもならない。どこをどう進もうが、どこの山陰丘陰に隠れようが、けっきょくは三か所に陣取った今川勢のいずれかに見つかってしまう。三か所のいずれかに見つかれば、他の今川勢も、その動きから敵の接近を知って、ただちに攻めかかってくるであろう。

「ううむ」

いま一度、信長がうなった。忘れていた喉の渇きを思い出したように、竹筒の水をゴクゴクとあおる。恨めしげに仰いだ天は一片の雲もなく晴れ渡り、梅雨とは思えぬカンカン照りだ。

「この天気じゃ、敵から丸見えだ」

信長は踵を返して釜ヶ谷に戻った。善照寺砦か中島砦まで引き返そうとしたが、帰り道は岡部隊によって塞がれていた。鳴海城将の岡部五郎兵衛は、行方がつかめぬ信長の本隊が、付近に潜伏している可能性を考えたのだろう。おそらく桶狭間の今川本隊にも、信長本隊が接近してくる危険を報じたに違いない。桶狭間の今川本隊を囲む三方の今川勢は、遠目からでも、ひどくピリピリしていた。

釜ヶ谷の織田勢は、進退窮まってしまった。信長は平気な顔で釜ヶ谷に戻ってきたが、もはや万策尽きていたのである。いかに信長が平然たる態度であっても、進むことも退くこともならずに釜ヶ谷で動けなくなってしまった織田勢の雰囲気は、しだいに重苦しくなっていく。人の表情を巧みに読む藤吉郎は、すぐに信長の心情を察したが、本隊の一兵一兵に至るまで意気消沈していった。

力なく周囲を見回した織田兵の一人が、傍らで槍を杖にしている朋輩に話しかける。

「おい、見ろ」

その織田兵が顎をしゃくった先に、谷を割ったような池が広がっており、そこに一羽の黒い鳥が飛び込んでいったのだ。

「ありゃ、鵜《う》だぞ」

気が抜けたように発した織田兵の眼に、魚をとらえた鵜が得意げに羽ばたく様子が映った。

「呑気だなぁ」

非を鳴らすように、その織田兵がつぶやくと、傍らの朋輩がやんわりこれを否定する。

「呑気じゃない。あれが鵜の仕事だ」

鵜が空に舞い上がったとき、どこかで雷鳴が轟いた。鵜の動きに釣られて眼を上げた織田兵が、いぶかしげに空を仰ぐ。まともに仰げば眼がくらんで倒れそうだった空が、墨を流したように黒く染まっていき、焦げ付く日射しは引潮のように消え去っていった。

また、雷鳴が轟く。今度は先ほどよりも、ずっと近い。黒く翳《かげ》った空に雷電の火柱が躍ったかと思うと、地べたを叩く騒音が一斉に山野を揺るがし始めた。

豪雨だ。だが、それにしても、なんという轟音だ。地べたを石の雨が打っているようではないか。まるででっかい鍋に入れられて、周りをガンガン叩かれたようだ。我知らず頭を抱えた織田兵たちに、天から襲いかかってきたのは雨だけではなかった。

地べたで無数の氷の粒が弾け飛んでいる。雹《ひょう》だ。雹まじりの豪雨だった。

「ご挨拶だな」

織田勢の中で藤吉郎が叫ぶ。気を利かせて言ったつもりだったが、誰も反応しない。地を叩く轟音が山野にこだまして、大声自慢の藤吉郎の叫びをも掻き消してしまっていた。

それでも懲《こ》りずに藤吉郎は呼ばわった。

「とんだ、天からの贈り物だな」

その襟首が、いきなり背後からつかまれる。何しやがる、と振り返った先に信長がいた。

「サルの申す通りだ」

信長が異様な眼ざしで、天を仰ぐ。降り注ぐ雹は信長の顔も打ったが、びくともせずに、跳ね飛ぶ氷の粒の中に身を晒していた。

聞こえないはずだ、と藤吉郎は心中でいぶかる。聞こえるはずがなかった――雹まじりの豪雨の中で。

藤吉郎は息を殺して、信長の横顔を仰ぎ続ける。

「天からの贈り物だ」

確かに聞こえた。心眼――いや、心耳か。

天上はぶつかり合う雷電で、真っ暗に変わった空が、巨大な影絵のように付近の山野を瞬かせている。地響きのような突風が、釜ヶ谷の木々を根こそぎにするように、枝を宙に巻き上げながら通り抜けていった。

信長の号令が聞こえたとも思えぬが、その背中を追って織田勢は、釜ヶ谷から抜け出る。

横殴りの飛沫《ひまつ》は呼吸もできぬほどであり、突風に右左にあおられれば、すぐ前の兵の背中まで霞んでしまう。眼も耳も使えなければ方角も定まらず、織田兵たちは自分がどこを進んでいるのか知らない。ただただ先頭の信長に、ひたすら従ったのである。

地べたで弾け飛ぶ雹は、容赦なく頭上にも降り注いでくる。先頭の信長が兜をかぶると、あとに続く織田兵もみなこれに倣って兜をかぶった。

荒天にもてあそばれながら、ヨタヨタ進む織田勢の先頭で、信長は見えも聞こえもせぬ先を冷静に見通していた。

――これでは、いきなりの突撃は無理だ。

勢いが付かないのである。となれば、と荒天のなか、信長が振り返ったのは、根来鉄砲衆だ。釜ヶ谷に置き去りにされてはたまらぬと感じたのか、根来衆は青息吐息《あおいきといき》で付いて来ていたが、それでも彼らは自慢の鉄砲の火縄を濡らしてはいない。

「当たりかな」

兜にぶち当たってくる雹に、ちょっと顔をしかめながら信長はつぶやいた。

十

突然の荒天に巻き込まれたのは、桶狭間の今川本陣も同じだった。

日射しを避けようと木陰に張られた義元の幔幕にも、雹まじりの雨が、滝のように飛沫ながら吹き込んでくる。

弁当をつかっていた義元が、箸を手にしたまま、暴風吹きすさぶなか地べたを叩きつける雨音に耳を澄ませた。物見に出ていた馬廻衆が次々と義元の幔幕に戻ってくる。

何も見えず何も聞こえぬ有様だという。義元の幔幕は桶狭間山と呼ばれる高所に張られていたが、先ほどまでは手に取るようだった山下の今川勢の姿も、いまは雨風の幕に閉ざされてしまっていた。

其方に呼びかけてみたが、雨だけでなく石のような雹が地べたに叩きつけられているせいか、山野への反響が凄まじく、とても人の声では届かない。

声が届きにくいのは、この幔幕の内も同じた。まるで滝の真下にいるようである。

注進の馬廻衆は声を張り上げているのに、義元は何度も聞き返さねばならなかった。

傍らの三浦左馬助が低くつぶやく。なんと言ったのか聞こえなかったが、その険しい表情を見れば、おおよその見当はついた。

まなじりを決した左馬助が、豪雨と雷鳴に負けぬ声を張り上げて義元に伝える。

「御屋形様、今すぐ此処を御立ちになるべきかと」

食べかけの弁当に眼を落した義元が、しばらく黙り込む。

左馬助の進言はもっともである。敵国の真っ只中である此処で、最も怖いのは敵の奇襲だ。奇襲の代表は夜討ちだが、それがどれだけ怖ろしいかを、義元は祖父義忠の戦死によって思い知っていた。祖父義忠の戦死は、まだ義元が生まれる前のことであり、亡き雪斎からですら、さほどの教えは受けていなかったが、それでも義元の念頭から離れることはなかった。

――あのとき祖父は夜闇の中で行軍した。

祖父義忠の周りに裏切り者がいたにせよ、もし夜の行軍を慎んでいたなら、あんな結果にはならなかっただろう。あのとき祖父義忠は遠州一揆の平定をあらかた終えていたのである。

祖父義忠の横死を戒《いまし》めとして、義元は尾張国に乗り込んできた。当時敵国だった遠江国に迂闊《うかつ》に乗り込んだ祖父義忠に対して、義元は尾張国に入ってからの宿営地である沓掛と大高の両城に、あらかじめ鉄壁の防御を施した。

義元の今川軍は順調に沓掛城に入ったが、それでも翌日、大高道に乗り出す義元は祖父の横死を忘れなかった。大将の心は家臣にも伝わり、この行軍は決して夜間に入ってはならぬ、と戒められた。もし沓掛城の出立が遅れるようならば、予定を一日遅らせる算段まで付いていた。それほど義元の今川軍は、夜間の奇襲を警戒していたのである。

義元の今川軍が沓掛城を出たのは予定通りの刻限である。昼間の内に大高城に入るための目算通りだった。

にもかかわらず――まだ真昼間であるにもかかわらず、今川本隊は、この桶狭間で夜討ちの危険に瀕している。いや、祖父が横死したときよりも、もっと状況は悪いかもしれなかった。祖父が討ち取られた塩貝坂で、雹が降ったという話は聞かない。

いま義元の御座所には六十人の馬廻衆も、全て揃っている。ただちにこの場を発って大高城に急ぐこともできたが、「今すぐ此処を発つべき」とした三浦左馬助の進言を、義元は容れなかった。

なぜならこの場の馬廻衆しか連れられなかったからだ。山の下に布陣する多くの将兵は、置き去りにされた恰好となってしまう。

この荒天が去ったあと、義元の本陣がすでに出発してしまっているのを知って、山の下の将兵たちは、どんな気持ちになるだろう。

今川勢は義元の子飼いだけではない。組織化された今川軍には、直属の上司（寄《よ》親《おや》）によって統括され、義元の顔を知らぬ将兵も大勢いたのだ。

それだけではない。地元の評判も気にしなければならなかった。尾張侵攻の大目的は示威運動なのである。

悪天候のなか、大勢の将兵を置き去りにして出発した義元は、織田の奇襲を恐れて逃げたように見えるだろう。

「それだけは避けねばならぬ」

東海一の弓取り、の評判を落とすわけにはいかなかった。

ならば本隊を残らず率いて出発すればいいではないかと思われるかもしれないが、いったん行軍を止めてしまった五千もの大軍を、再び行軍態制に戻すには相当な時間が掛かる。まして今は連絡が困難な荒天の最中であり、各隊の将は自分の隊の備えを視認することもできなかった。

まぁ、大丈夫だろう――との油断は義元にあったかもしれない。

突然に山野の光景を一変させた荒天が、力尽きたように消え失せ、たちまち元の光景がよみがえる。幕が落とされたように視界が開け、そこに織田勢がいた。

十一

　まだこれで織田方の勝ちと決まったわけではない。桶狭間を囲む巻山など三か所の今川勢にも、そこに織田勢が出現したのが見えるのだ。信長の本隊は今川勢に包囲されるのが明らかであり、奇襲に手間取っていれば、義元の首を取るどころか、逆に信長の首を取られたうえに殲滅されてしまうだろう。

　桶狭間に躍り出た信長が、幕山や巻山の今川勢が動き出したのに気づかぬふりで声をかけたのは、此処までの行軍ですっかりやる気をなくしていた根来鉄砲衆だった。織田が勝とうが負けようがどっちでもいい根来衆に、今川の脅威が背後に迫っていると知られたなら、この連中は「命あっての物種」と今川に降参してしまうだろう。そうなっては全てが水の泡で、千載一遇の機会を生かすも殺すも根来衆しだいだった。奇襲に根来鉄砲衆の突破力を必要とする場が来るとの信長の眼力は当たったが、いまの信長に己れの眼力の確かさにほくそ笑んでいる余裕はない。逃げ足が早い根来衆をこの場に引き止め、騙そうが透かそうが脅そうが、いかなる手を使ってでも仕事をさせなければならなかった。

「根来衆、参れ」

信長が腰に提げた砂金の袋を見せびらかしながら呼ばわる。信長が腰にいろいろ提げるのはむかしからの習慣だが、これはいくさ場の臨時手当で効果覿面《てきめん》だった。信長の織田家が富豪なのは周知で、その重そうな砂金の袋に根来衆は吸い寄せられてくる。

「つかみ取りだ、つかみ取りだ」

信長が腰に提げた砂金の袋を、根来衆一人一人ではなく地べたのあちこちに放る。つまり早い者勝ちで、根来衆は背後なぞ振り返る間もなく、朋輩に負けじと先を争って砂金の袋を懐にねじ込む。

「もっと欲しいか！」

信長にあおられた根来衆の面々が、やる気十分にうなずく。すっかり生気がよみがえった根来衆の眼ざしを引き付けて、信長が標的である桶狭間の方を指先で示す。そこには今川の鉄砲隊が布陣していたが、背後を知らぬ根来衆はカラカラと笑った。

「一蹴して御覧に入れ申す」

「よくぞ申した。あ奴らを倒した先には黄金の花が咲いておるぞ。この信長が咲かせてみせる」

残った砂金の袋を叩いてみせた信長に、「おう！」と根来衆は声を揃えて、火縄の火をくるくると回しだす。土砂降りの荒天であったにもかかわらず、すっかりやる気をなくしてしまっていたにもかかわらず、火縄を湿らせてしまった者はいない。呼吸を合わせたように、火縄が白煙を上げ始めていた。

根来衆の筒先が、今川軍の鉄砲隊に向けられる。いよいよ火ぶたが切られる——というときに「やっ」と声を上げた者があった。根来衆を率いる神尾某である。気が付いたのだ。すぐ後ろまで今川勢が迫っていることに。幕山や巻山の今川勢はいまだ山麓のあたりだったが、此処から最も近い瀬名隊布陣地の今川勢は、もう織田勢に手が届きそうな所まで来ていた。素早く神尾を押しのけ自ら先頭に立った信長が、悠揚《ゆうよう》迫らぬ体で発する。

「まだまだ、まだ筒先が揺れておる。深呼吸などして筒先が完全に揃うのを待て」

もう瀬名隊布陣地の今川勢は、織田勢に襲いかかる寸前だ。これを見た幕山と巻山の今川勢は、織田勢の左右に回り包囲殲滅の態勢を取ろうとしていた。

背筋に寒気を覚える光景だったが、根来鉄砲衆の眼に映るのは、頭を押しのけて自ら鉄砲衆の指揮を取ろうという信長の涼しい顔だけだった。

今度は織田勢全体から異様などよめきが涌いた。

——このまま此処にいたら、今川勢に包囲されて終わりだ。

声にならぬ恐怖があたりを揺さぶったが、信長は意に介した様子もなく、指揮棒代わりの鞭で手のひらを軽く叩いている。いったん顔を上げた根来衆が、また火縄の燃える鉄砲に眼を落す。落ち着き払って見える信長の視界には、鉄砲の支度に余念のない根来衆の背後に迫る今川勢が映っていたが、鞭で手のひらを叩く信長の動きに乱れはない。ひたすら根来衆の用意が整うのを待ち続けた。

筒先が完全に揃えば、交代射撃の呼吸も完全に合う。

信長の近くで、「おい」と叫ぶ声が聞こえた。佐々内蔵助の声のようだ。今川鉄砲隊への照準に集中していた根来衆は気づかなかったが、信長は横目で何が起きているのか見ていた。

信長に押しのけられた神尾と佐々内蔵助が揉み合っている。今川勢の接近を知らせようとする神尾と、これを防ごうとする内蔵助が揉み合っていたのだ。内蔵助の腕を振りほどきかけた神尾から声が漏れる。聞き覚えのある声に根来衆の面々が顔を上げかけるや、信長が手のひらを叩いていた鞭を、ビュンビュンと頭上で振ってみせた。

「これを見よ。義経公が鵯越《ひよどりごえ》の逆落としでお使いになった鞭だ」

あまりに苦しい口から出まかせだったが、根来衆の注意が其方に向いた隙に、信長は眼だけで内蔵助に合図していた。

急に笑顔になった内蔵助が、いきなり短刀で神尾のわき腹をえぐり、倒れかかった神尾を、根来衆の眼が届かぬ所まで肩にかけて引きずる。

「これ、酔っぱらったのか」

咄嗟《とっさ》に発した内蔵助の芝居は下手くそで、怒鳴るように響いたが、近くにいた藤吉郎が、血だらけで白目を剥いた神尾を目の当たりにしながら朗らかに笑う。

「だめだなぁ。そんなに飲んじゃ」

このいくさの最中に酒など飲むはずがないのだが、藤吉郎の笑顔が、こちらを振り返った根来衆の不審を散じた。

その藤吉郎が、根来衆の背後まで肉薄してきた今川勢に一瞥をくれる。勝てるぞ——と今川兵のどの顔にも書いてあった。

桶狭間の今川本隊の鉄砲隊も、四苦八苦しながら迎え撃つ態勢を整えている。鉄砲いくさも駆け引きだ。押したり引いたりしている間に、今川方の包囲が完成する——そう今川兵の顔に書いてあった。

根来衆から見えぬように引きずられていく神尾の亡骸を見送った藤吉郎が、次に態勢を整えつつある根来鉄砲衆に眼を向ける。

桶狭間の今川本隊の鉄砲衆が胸の辺までの土塁《どるい》や木立を遮蔽《しゃへい》物にしていたのに、根来衆には遮蔽物が何もなかった。

「おかしいと思わないのか」

藤吉郎がつぶやく。

――根来衆の方が今川衆よりも勇敢だとでも思ったのか。

胸の内でごちた藤吉郎の目前で、火薬容量が桁《けた》違いに大きい根来鉄砲の筒先が、ぴたりと定まった。迎え撃つ今川鉄砲衆の表情が怪訝そうに変わる。

――あんな遠くから放つのか。

まだ敵の白目と黒目の境もはっきりしない。こんな遠い間合いで放っても届かぬ――と今川兵が嘲《あざわら》ったとき、彼らが聞いたこともない銃声を発して、根来鉄砲衆の得物が火を噴いた。

先ほどの豪雨のような一斉射撃が、根来鉄砲の性能を見くびっていた今川鉄砲衆を薙《な》ぎ倒す。胸壁の陰や木々の陰にいた今川鉄砲衆は無事だったが、嵐のような一斉射撃が降り注いだあとには、朋輩の射殺体が点々と転がっていた。

想定外の根来鉄砲の射程に驚いた今川鉄砲衆が、息つく間もなく二度目の一斉射撃に見舞われる。胸壁の陰に隠れた今川鉄砲衆は、頭上を蜂のようにうなり飛ぶ弾丸に身を竦めるばかりで、撃ち返すことができない。

そこへ長槍の穂を揃えた織田兵が、まっしぐらに襲いかかってきた。広い堀も複雑堅牢な虎口もない此処では、胸までしかない土塁を飛び越えれば、伸ばした槍先は、すぐに相手まで届く。

胸壁の陰から、凄まじい怒号が聞こえてきた。ドン、と銃声が響き、風が吹き抜けぬ狭間で、白い硝煙《しょうえん》が胸壁の陰から、ゆっくりとわきのぼってきた。同時に凶暴な織田兵の喊声が聞こえ、槍先に竿首された今川兵が掲げられる。

竿首された今川兵が、胸壁のあちこちで踊っていた。

今川兵の鉄砲で斃された織田兵もいただろうが、胸壁の内側まで乗り込まれては、飛道具よりも長槍の方が有利だ。

突破口は開かれた。その速さは、三方から織田勢を包囲しようとした今川勢の予想をはるかに超えていた。

勝った、と信長は叫んだかもしれないが——神尾某に代わって鉄砲隊の指揮を取った信長は、硝煙に汚れた顔をほころばせたかもしれないが、意外にも織田兵たちの足は止まってしまった。

さすがの信長も、すぐにはその原因がつかめなかったが、開いた突破口の先をこわごわとうかがう織田兵の様子を見て、ようやく合点がいった。

怖いのである、織田勢の面々は。突破口が開かれたといっても、その先にいるのは、今川の兵ばかりだ。しかも、その数は織田方の五倍十倍だった。

天国と地獄を引きずりまわされるような状況に、さすがの信長も度を失った。

「千載一遇の機会だぞ！」

おじけづいた織田勢へ、信長が口角泡を飛ばして叫ぶ。

それでも誰も、ようやく開いた突破口へ進もうとはしない。このままではせっかく開いた突破口が塞がれてしまう。見やれば、そこに駆けつけた今川兵が、槍を揃えて叩きながら、胸壁の外へ織田兵を押し出そうとしている。

「くそったれが、機会は此処にしかないのだぞ！」

まなじりも裂けんばかりに信長がうなり、その手から擦り抜けようとしている機会をつかもうとするように、其方へ吸い寄せられようとした。

その信長が、背後から抱き止められる。佐々内蔵助だ。こんな場に総大将を行かせるわけにはいかなかった。

だが、こんな場を待っていた者がいたのである。

「前田犬千代、見参」

耳障りなガラガラ声が、これほど頼もしく聞こえたことはなかった。相変わらずの傾奇者じみた扮装の犬千代は、たった一人で今川方の槍衾の只中に飛び込んでいった。水車のように自慢の槍をふるって、今川方の槍衾を弾き飛ばすと、誰も進もうとしなかったその先へ、槍を担いで押し進んでいった。その背中を見失いそうになって、織田兵たちは前のめりになる。

「者ども」

信長のしゃがれ声が響いた。

「犬千代に続け！」

今度は誰も躊躇《ちゅうちょ》しない。先を争うように、前田犬千代の背中を追った。その先には胸辺りまでの土塁が所々にあるだけで、織田兵たちは簡単に飛び越える。簡単な木柵も所々に巡らされていたが、とっくに抜き捨てられたり破られたりしていた。

今川兵は槍を横たえ、人垣を築いて懸命に織田勢を押し返そうとする。互いに額と額がぶつかり合うほどになって、押し合い圧し合いを繰り返した。

勝負の分かれ目は明白だ。根来鉄砲の迅速さを見誤り、包囲が間に合わなかった三方の今川勢が、再び攻撃態勢を取れるまでに、織田勢が桶狭間の今川本陣に開けた突破口から攻め入れるかどうか。

三方の今川勢はもたついている。いったん包囲の陣形を取ったところ、思いもよらぬ速さで標的（織田勢）が移動してしまったのだから、再び陣形を作り直さなければならない。織田勢が攻め入った今川本陣のあたりは、左が木々の生い茂る丘陵、右が沼のような深田で、軍勢が自在に展開できる広さがなかった。

とはいえ、背後を脅かされる織田勢にも余裕はない。彼我の兵数には大きな差があるのだ。もたつく三方の今川勢が、陣形を作り直して背後から襲いかかって来れば、織田勢は今川本陣の兵との間で挟み撃ちにされてしまう。兵数に差がある野戦で挟み撃ちを食らったらどうなるか。桶狭間の山野に屍《しかばね》を晒したくなければ、前へ進むしかなかった。

だから先ほどまで背後の今川勢に気づかせまいとした信長は、もたついている今川勢がいまにも襲いかかってくるかのように織田兵たちを、声を嗄らしてあおりまくる。

命懸けの織田兵は、歯を食いしばって死力を振り絞ったが、進入を防ごうとする今川兵も命懸けだ。一進一退が続き、もともといくさに向かない織田兵が挫けかけたころ、此処が追手《おうて》ならば、搦手《からめて》のような場所で、第二の突破口が開かれた。

根来鉄砲衆である。これには最初の突破口にへばりつき、両眼を血走らせて配下の織田兵を叱咤激励していた信長も驚いた。

そういえば――と、信長は先ほどの出来事を思い出す。最初の突破口を開いたとき、突進する織田勢の先頭に立とうとした信長を、この連中は臆面もなく引き止めてきたのである。約束の褒美をくれ、と要求してきた。むかっ腹を立てた信長はそれらの根来衆を斬り捨ててやろうかと憤ったが、やけくそのように約束の残金である砂金の袋を放り投げてきた。

——あれが効いたのか。

金に汚く命は惜しむが、優秀な鉄砲傭兵である根来衆は、誰の指図も受けずに、第二の突破口を開いたのである。

戦線の均衡が大きく傾いた。織田兵を中に入れまいと踏み止まっていた今川勢が、第二の突破口が開かれたことによって、其方に注意を奪われ浮足立ってしまったのである。

二か所の突破口は、どちらが先に破られたのか、双方の将兵の誰にも分からぬほどの差で、相次いで崩壊した。今川本陣に突入した織田兵が、義元の首をめざして桶狭間山に登っていく。

ようやく今川の救援隊が三方から駆けつけたのは、桶狭間の今川本陣の内が、入り乱れる今川兵と織田兵で大混乱に陥ったあとだった。

こうなっては手の施しようもない。三方の今川勢の大将格である松井《まつい》宗信《むねのぶ》が、悲壮な覚悟を述べた。

「御屋形を無事に大高城へお入れせぬかぎり、我らの明日はない。みな、さよう心得よ」

大高方面に出張った松井隊は、桶狭間の今川本陣へ大きく口を開ける恰好で布陣した。桶狭間の今川本陣の義元を救出収容するためだが、それに失敗したときは、総崩れになった本隊に巻き込まれて一蓮托生《いちれんたくしょう》だった。

十二

山頂付近に張られた幔幕で、義元は山の下の戦況を知らされたが、織田方の動きが速すぎて、注進は後手に回ってしまった。突破口が破られたとの注進は間に合わず、山を登ってくる織田兵を馬廻の一人が直に目撃するまで分からなかった。

「もう此処は危のうござる」

迫る織田兵を目撃した馬廻が悲鳴のように注進し、三浦左馬助が義元の前にひざまづいて言上した。

「いまが瀬戸際の策を取るべきときかと存ずる」

義元がうなずく。床几から立ち上がって弁当の箸を捨てた義元は、宗三左文字の太刀を佩《は》き、鍔を付けて合戦仕様に拵《こしら》えた松倉郷の刀を帯から抜け出てしまわぬように巻き絡めて差す。

兜の緒まで締め充分のいくさ支度だったにもかかわらず、義元は例の輿に乗る。輿《こし》舁《か》きまで馬廻衆で固められた義元の輿が、幔幕の内で息をひそめるように次の合図を待つ。幔幕の内に六十人もの馬廻衆がひしめき合ったが、口をきく者はいない。神仏に祈る者もいない。こんなとき、いつの時代でもどこの国でも、人は神頼みせずにはいられぬものであり、こんな場には「南無阿弥陀仏」とか「アラー・アクバル」とかの祈り声が、重低音となって響き続けるのが常だ。

だがいま義元の幔幕の内は、見事に静粛が保たれている。義元は花倉を討ったときから、土壇場の神頼みを禁じていたが、この期に及んでも馬廻衆の中に義元の命令を忘れる者はいなかった。

「今川は兵《つわもの》の家だ」

輿の内で義元が独語する。先祖代々の声が霊感となって、義元に返ってくるわけではない。そんな安っぽい霊感を期待する者に、「今川は兵の家だ」と宣言する資格はあるまい。父の霊も祖父の霊も先祖代々の霊も、義元の前には現れなかったが、いまの義元は雪斎の霊にすら、問いかけようとはしない。だから花倉の霊に抗おうともしなかった。

いま義元と馬廻衆は全ての注意を集中させて、幔幕の外に出た三浦左馬助がもたらす合図を待っている。

そのころ、桶狭間の今川本陣に突入した織田信長は、義元が幔幕を張った地点にまで近づいていた。桶狭間は丘陵と池沼の錯綜する複雑な地形のため、突入した織田兵の中には道に迷ってしまい、味方からはぐれて今川方に討ち取られてしまう者も少なくなかったが、この辺りを鷹場としていた信長は、地元の案内人でも知らぬ、桶狭間山の山頂への登り口をも把握していた。

桶狭間山の山頂は意外に険しく、一見したところ、とても登れるようには見えない。だから見下ろされぬように張られる義元の幔幕は、登れる場所の最高点だと地元の案内人が判断した地点であり、そこには狭小だが幔幕を張る広さのある場所だったため、信長は容易に見当を付けることができた。

桶狭間山の山頂によじ登った信長の眼下に、睨んだ通り今川の総大将のものとしか思えぬ幔幕が張られていた。みなこれを見て競い立って信長の突撃令を待ったが、信長はなぜかわざと話をそらせた。

「犬千代はどうした」

「此処にはおりませぬ」

答えたのは藤吉郎だ。太刀打ちは苦手でも、信長の背中は見逃さず、ちゃんと藤吉郎は付いて来ていた。六、七百の織田兵は全て桶狭間の今川本陣に突入したが、大混乱に陥った今川方を追ううちに、織田勢もバラバラになってしまい、いま信長に従っているのは百余りに過ぎない。

「犬千代は討死してしまったかもしれませんな」

馬廻衆筆頭の佐々内蔵助がつぶやくと、藤吉郎はハハハと笑って応じた。

「悪運強い犬千代殿が、どうして討死などいたしましょうや」

その織田勢の眼下に、一丁の輿が飛び出してきた。荘厳《そうごん》な拵えであり、義元の輿に間違いない。山頂の織田勢が色めき立つや、同じ拵えの輿が数丁同時に出現して、全て別々の方向へ走り出していった。まるで分身の術だ。ある輿は鳴海の方へ。別の輿は大高の方へ。さらに沓掛の方へ戻っていく輿もあった。

義元の輿に襲いかかろうとした織田勢の足が止まってしまう。どの輿を追いかけてよいか分からず眼を白黒とさせたとき、じっとその様を凝視していた信長が、満を持して発した。

「見つけたぞ、義元」

十三

その少し前、囮《おとり》の輿を使う手はずを整えた三浦左馬助が、幔幕の内へ戻ろうとして、突然、アッと叫んだ。思い出したのだ、今年の正月に武田家からの使節に混じっていた博労まがいの男の顔を。

あの男だ、間違いない。池鯉鮒宿にもいた、あ奴だ――義元のもとに駆けつけた三浦左馬助が、すでに乗輿していた義元に息せき切って告げる。

「御屋形、あ奴は織田の回し者だったのかもしれませぬ」

あの、やたら愛想のいい得体のしれぬ男は、義元の馬廻衆一人一人に良馬を格安に進呈していた。正体の知れぬ相手であり、左馬助も最初は警戒したのだが、その男が義元への拝謁を望んでいなかったため――つまり、義元の面体を探る目的でやって来たのではない、と分かったとたん、すっかり警戒心を解いてしまった。

だが、いまこの土壇場になって、急にあの男のことがよみがえってきたのだ。

「もしや、あ奴の目的は御屋形ではなく、我ら馬廻衆一人一人だったのかもしれませぬ」

左馬助は義元に輿から降りるよう懇願した。すると、取り乱した左馬助を諫《いさ》めるように進み出てきたのは庵原右近だ。

「左馬助殿の申される正体不明の『あ奴』の名は織田掃部助と申す」

「右近殿、ご存知なのか」

「知らいでか。だがいま掃部助は織田勢のなかにはおらん。掃部助がおるのは武田菱の下じゃ。この付近まで武田殿の御指図によって参っているのだから、一昨日池鯉鮒におったとしても、何ら不思議はない。武田殿の御家臣衆と同行しておる掃部助が、どうして織田勢として戦えようか。そもそも掃部助は客分とはいえ、武田の家臣ではないか。確かに掃部助はもともと織田の家臣だったが、上総介（信長）の勘気を蒙って甲府に逐電したと聞く。左馬助殿、ちと考えすぎではないか」

「そ、そうかもしれませぬ。なれど万一の場合――」

左馬助が仰いだ輿の簾が巻き上げられる。輿の中で義元が破顔した。

「左馬助、苦労をかける」

その場に平伏した左馬助に、義元は続ける。

「なれど、この輿から降りて血路を拓け、との左馬助の進言には肯《うなず》けぬ。なぜなら

――」

織田勢の侵入を許してしまった此処には、織田兵がうようよしており、それらの織田兵に見つかる危険が大きかった。もし身を隠すように落ちのびるとすれば、数人程度の供しか連れられぬが、その人数では織田勢に見つかってしまえば終わりである。

「奇襲を許してしまったのは我らの方だが、織田勢もまた兵数は少ない。ざっと見たところ千に達しておるまい。しかも当陣に突入して戦ううち、さらに小勢に割れてしまったようじゃ。いま敵味方入り乱れて右往左往する場で確たることは言えぬが、あちこちで戦いの手を上げて兵数を多く見せかけようとしている、割れてしまった織田の一隊は、おそらく百程度ではあるまいか。ならば一騎当千の馬廻の者ども六十が一丸となって敵中を突破した方がよい」

もっともだ――と、その場の馬廻衆はうなずき合ったが、義元の言葉はそれだけでは終わらなかった。

「兵の家に生まれた予が、万一のことを忘れるわけにはいかぬ」

義元の言葉に馬廻衆みな粛然と首を垂れるなか、面を上げた三浦左馬助ひとり異を唱える。

「なれど」

左馬助が声を絞《しぼ》る。

義元は最期に至るまで武門の名誉を忘れてはならぬ、と言う。いや、最期こそが武門の名誉を試される場であると言うのだ。此処で敵の眼を避けようと、僅かの供だけ連れて落ちのびた場合、もし敵に見つかって討たれれば、それはこそこそ逃げた鼠《ねずみ》のようにみじめな最期だが、馬廻衆を率いて堂々と戦えば万一のことがあっても武門の名誉は守られる、と義元は語っていた。

「なれど」

いま一度、声を絞った左馬助が、輿の簾を上げた義元を仰ぐ。

「この左馬助はどちらも同じと考え申す」

「どちらも同じとは？」

「もし御屋形が討たれるようなことになれば――織田に首をお授けになれば、けっきょく今川の御家には不名誉しか残らぬということです」

言い放った左馬助へ、「控えよ、左馬助殿」と、馬廻衆のあちこちから声が飛んだが、義元が手を上げてこれを制す。

左馬助が誰も眼を向けぬ桶狭間山の山頂を、指先で指し示す。

「先ほど、幔幕の外で、桶狭間山の山頂に織田勢らしき影を見申した。その姿を垣間見た刹那、閃《ひらめ》きましたのじゃ――奴ら、どの輿が本物なのか知っている、と。ゆえに、ゆえに、申し上げておる。此処は輿を捨てて御屋形お一人になっても落ちのびるべきじゃ、と。御屋形さえ無事ならば、このたびの不名誉をすすぐ機会はいくらもあり申そう。なれど、御屋形に万一のことがあれば、名を上げるのは織田上総介信長ひとり。いかなる最期を遂げようが、負けは負け。負けた今川には不名誉しか残りませぬ」

馬廻衆の中から声が飛ぶ。

「ならば、輿を捨てれば、御屋形は無事に落ちのびられると、左馬助殿は確約でき申すのか」

「此処はいくさ場じゃ。それもお味方に不利ないくさ場じゃ。どうして確約などと軽はずみなことが言えよう。ただし、この左馬助の眼には、輿を捨てた方が、乗輿のままよりも、成功の目が大きいと見える」

「なんと――成功の目が大きい、とはなんとあやふやな申されようか。ならばもし、左馬助殿の進言に従い、輿を捨てて逃れながら万一のことがあった場合、左馬助殿はいかにしてその責を負われるおつもりじゃ、腹を切ったくらいでは済みませぬぞ」

馬廻衆の非難を浴びて、左馬助も其方を睨み返す。

「この危急の場に存念を申し上げぬでは、かえって不忠と思い言上したまで」

その場が静まり返った。みな迷っているのだ。輿を使うべきか捨てるべきか。一同の視線が義元に集まる。

「一方に肩入れすることはできぬ」

それが今川の総帥たる義元の答えだ。

「籤《くじ》を引き、その結果に従おう」

これを受けて馬廻の一人が籤の用意をする。いくさ場での籤引きは珍しくない。誰が先陣を務めるかなどのさい、条件の差がない者同士が争った場合、名乗り出た者たちの面目を守るために、しばしば籤引きが行われた。

籤の用意が整う。引くのは三浦左馬助でも庵原右近でもない。総大将の今川義元だ。心を無にして、義元は籤を引いた。結果を見ずに、用意を整えた馬廻に籤を渡す。その馬廻が渡された結果を大音声に告げ、義元にも他の馬廻衆にも証拠の籤を披露した。

「一と決まり申した」

一とは、六十人の馬廻衆が義元の輿を囲み、一丸となって脱出を図る策だ。三浦左馬助の策は却下されたわけだが、籤で決まった以上、左馬助にも否やはない。籤は武運のようなものだ。

輿の簾を下ろした義元に一礼して、左馬助は幔幕の外へ出ていく。囮の輿によって敵の眼をくらます策を発動させるためだ。

十四

四方八方へ散った輿は、義元のそれと全く見分けがつかなかったはずだが、信長の織田勢は、その他の輿には眼もくれずに義元の輿めがけて襲いかかってきた。

「どうやら敵は此処が御屋形の御座所と知っておるようじゃ」

馬廻衆の先頭で庵原右近がつぶやく。一丸となった馬廻衆を振り返って呼ばわった。

「敵を蹴散らして駆け抜けるべし。この右近が先手つかまつる」

ただ一騎、織田勢の中に躍り込んだ右近は、信長に至るまで徒歩の織田勢の真ん中を、馬脚で蹴散らすように割り、下から繰り出される織田勢の槍穂を何度浴びても、縦横無尽に馬を操り続けた。

右近の働きを無駄にするな――と、義元の輿を中心に一丸となった馬廻衆六十人が、右近に真ん中を割られた信長の織田勢に突進する。強烈な一撃を食らって四分五裂したかに見えた織田勢が、しぶとく踏み止まる。

織田勢の中から、甲高い叱咤の声が聞こえてきた。

「狙うは義元の首のみ。忘れたか！」

その叱咤の声が、織田勢を踏み止まらせていた。力尽きた庵原右近が落馬しかけていたのだ。その首を狙って殺到しかけていた織田兵たちが、足を縫い付けられたようにその場にとどまり、乱れかけた織田勢の動揺が、ぴたりと静まった。

輿の中で義元は聞いた。

「あの甲高い声の主は信長だ」

その義元の輿が、逆襲してきた織田兵たちの眼に入った。

「あれに義元が」

義元の輿に迫ろうとした織田兵たちを阻んで、義元の馬廻衆が人垣を築く。いずれも武勇すぐれた馬廻衆だが、織田方の六割程度の人数である。襲いかかってきた織田兵の一人を防いでいる隙に、別の織田兵たちが、その隙間をかいくぐるように、次々と義元の輿に殺到する。

風を切って織田兵たちが義元の輿に迫って来ても、四人の馬廻たちは、義元の輿を舁《か》く手を放そうとはしなかった。両手を塞がれたまま長槍の群れに晒されながら、逃げも隠れもしない。四人は輿を舁く両手を握ったまま、その場で串刺された。ぐらっと輿が傾いたとき、簾を跳ね上げて姿を現したのは今川義元だ。

それに真っ先に気づいたのは三浦左馬助だった。足の踏み場もないいくさ場から、新たに四人の馬廻たちを伴い、義元の傍らに駆けつける。

「御屋形」

左馬助の声がささやくようだったのは、この期に及んでなお、義元の正体を隠そうとしたからだ。諦めが悪いと感じられるかもしれないが、少しでも敵に疑念が生じれば、その分だけ敵の鋭鋒も弱くなる。義元の馬廻たる自分が敵に聞こえる声で、いま目の前にいるのが義元だと認めるわけにはいかなかった。

「御屋形、輿にお戻りくだされ」

義元の前で左馬助はささやく。

「ここに新たな輿舁きを四人、連れ申した」

だが、義元はきっぱりと左馬助にかぶりを振った。

「もはや、そのときではあるまい」

義元は腰に佩いた宗三左文字を抜き放った。

「いまはこの義元を先頭に戦うべきときぞ」

その義元の声は、対峙する織田勢にまで響いた。

ほうっ、と溜息に似たどよめきが両勢から涌く。輿を降りた義元が、宗三左文字を肩にかけて一同の前に姿を現した。

「そこにおるのは織田上総介であろう」

義元が、その太刀で過《あやま》たず信長のいる所を指す。そこは佐々内蔵助を筆頭とする信長の馬廻衆が囲んでいた場所だ。

「先ほど声は聞かせてもらった、上総介」

義元が呼ばわる。

「顔を拝ませてくれ、上総介」

だが佐々内蔵助たちに囲まれた信長からは返事はない。

「予がこうして挨拶にまかり越しておる。互いに拝顔あってしかるべきだぞ、上総介」

それでも信長の周囲は静まり返ったままだ。ならば、と宗三左文字を肩に掛けた義元が進み出る。まるで信長に倣ったように、織田勢も静まり返ってしまった。その中を平然と義元が行きすぎる。あとに残り少なになった義元の馬廻衆が続いた。すでに今川衆が織田勢の囲みを抜けんとしたときだ。不意に甲高い声が義元を呼び止めた。

「治部大輔殿」

振り返ったとき、義元から大将らしさが拭い去られたように消えていた。その眼ざしが、桶狭間山の山頂を一瞥する。晴れ間の戻った空のもと、そこに金色の旗が振られていた。

義元はそれが何を意味するのか気づいていたのだ。歯噛みした義元に、また聞こえてきた。信長の甲高い声が。

「治部大輔殿、御顔は首実検にて拝ませていただく」

その声が合図であったかのように――いや、桶狭間山の山頂で振られる旗に呼応して、織田勢が雲霞《うんか》のごとく集まってきた。

桶狭間に突入した信長の奇襲隊ばかりではない。善照寺砦、丹下砦、中島砦の織田兵たちも、朝方に今川軍によって陥落させられた丸根鷲津両砦の残兵たちも、その辺をうろつきまわっているいくさ場の釘拾いたちまでが、義元の首めざして押し寄せてきたのだ。

初めて織田の総勢が今川の総勢を上回った。義元を救出しようと危険な合戦場にとどまっていた松井宗信の隊は、大軍となった織田勢に巻き込まれ、その場に踏みとどまって討死した松井宗信たちを除いて総崩れとなって敗走し、合戦場から姿を消してしまった。

義元が咄嗟に手招きした相手は三浦左馬助だ。

「左馬助、この場から落ちのびよ」

左馬助はかぶりを振る。だが義元は続けた。

「駿府に帰って五郎（氏真）に伝えよ。何を伝えるべきか左馬助ならば承知であろう」

また、左馬助がかぶりを振った。義元を仰いで言う。

「もう、今川は終わりにござる」

「ならば、もう何も言うまい」

あれは太原雪斎が死んだときのことだ。雪斎の飼い猫に顔を引っ掻かれた左馬助は、己れの前世を鼠だと言っていた。鼠ならば、たとえみじめに死んでも鼠にふさわしい最期と考え、万死に一生を賭けてこの場から落ちのびるべきなのに、左馬助はかぶりを振るばかりだった。

そのとき桶狭間山の山頂では、藤吉郎が心地よげに金色の旗を振っていた。まるでその旗の動きに合わせたように、あちらからもこちらからも織田兵の群れが蟻《あり》のように集まってきている。此処から望むと、織田勢の軍旗で景色が一変したようになって、狭間でひしめき合った。

「あそこに義元がいる」

藤吉郎が話しかけた相手は簗田出羽だ。

「ぬし、このたびの恩賞で殿様になれるぞ」

まんざらでもない表情で簗田はうなずく。

「いまごろ、あの辺りは」

藤吉郎が指さしたのは、おそらく今川方も織田方も気づいていないだろうが、脇に深田が口を開けた狭間だった。

「血みどろの修羅場じゃ」

また簗田がうなずく。

「上総介様もあそこにおわそうに、此処から高見の見物で殿様暮らしの恩賞とは、うまくやったのう」

「僻《ひが》みか」

簗田に言われ、藤吉郎は破顔する。

「その通り、僻みじゃ」

その眼ざしが、いまだ手にしたままの金色の旗に移る。旗はよく見ると瓢箪《ひょうたん》形のまといのようだった。

「なかなかいいのう」

金色の瓢箪旗は、晴れ間の戻った空で輝いていた。

「ぬしは上総介様から旗を預かっていただけだ。勘違いせぬ方がいい」

そう簗田に釘を刺され、藤吉郎はうなずく。

「その通りだ。だがいつかこの旗をおれの旗印にして、数多の兵を動かしてみたいものよ」

藤吉郎の桶狭間山からは修羅場の気配すら感じ取れぬ「そこ」で、十重二十重《とえはたえ》に織田兵に囲まれてなお、今川義元は宗三左文字を捨てなかった。

あたりが地鳴りのように轟いている。ゴウ、ゴウと山野を揺さぶっていたが、それは全て織田兵たちの雄叫びだった。

それらの雄叫びが向けられていたのは、そこにいる今川義元ただ一人だ。いまだ生き残っている馬廻の者は、織田兵の轟音を消そうと口々に怒鳴り返したが、左文字を肩にかけた義元は、かつて誰も浴びたことのないだろう殺気のなか、一歩も引かずにその場で静まり返っていた。

防ぎ矢つかまつります——と叫ぼうとした三浦左馬助が、義元の横顔を仰いで息を呑む。まだ義元はあきらめていなかった。十重二十重にこの場を囲んだ、数千もの織田兵全てと戦う気迫に満ちていた。その義元の横顔を仰ぐ左馬助の心に兆したのは、花倉の横顔だった。義元を止めようと振り返ってきた花倉の亡霊――あれは義元自身の影だったのではないか。

「御屋形」

思わず左馬助が呼ぶと、意外にも義元は振り返ってきた。

「これが兵《つわもの》じゃ」

それは遺言のように聞こえた。左馬助は後悔した。義元の指図に従って、この場を落ちのびようとしなかったことを。だが、後悔しても、もう遅い。

「御屋形、ごめんくだされませ」

詫《わ》びるように叫んだ左馬助は、槍も刀も投げ捨て、素手で織田兵の群れにとびかかっていく。織田兵の槍穂を素手でつかみ、手のひらを切り裂かれながら、その槍を奪い取り、仁王立ちしかけたところで、織田方の槍衾に串刺しされた。血だるまの左馬助がきりきりと回って地に伏し、その亡骸《なきがら》を踏み蹴って織田兵の群れが義元めがけて襲いかかってきた。

もう、この場には織田兵しかいない。右を見ても左を見ても、そこにいるのは義元を殺そうとする織田兵ばかりだった。

それでも義元はたった一人、いくさ場を支えていた。義元が死なぬかぎり、このいくさは終わらぬのだ。

義元の覚悟を試すように、最初の槍が繰り出されてきた。苦もなく義元の左文字は、これを払いのける。重い衝撃が左文字から義元に伝わったが、その瞳が探していたのは、背に負える樹木だった。

森の近くだと思った義元の眼に、深田の広がる光景が映る。どうやら織田勢にこの辺まで押されてしまったようだ。

義元が織田兵の虚を衝《つ》くように背後を振り返る。そこには誰もいなかったが、織田兵たちは騙されて後ずさった。

また槍穂が飛んできた。今度は先ほどよりも重く、背後に背負える樹木を眼で探しながらの義元は、腿《もも》を突かれてしまった。焼火箸で貫かれたような痛みが走り、憤怒の表情で義元は、その織田兵を睨み据える。

「服部小平太《はっとりこへいた》」と名乗ってきた。

「下郎、推参なり」

小平太の槍を叩き折った義元が、返す刀でその膝を薙ぎ払う。仰向けに転げた小平太に見向きもせずに、義元は其方をうかがった。

そこにあったのは樹木の木立だ。柵のように連なっており、それを背に負えば敵に背後に回られる恐れもない。

膝の痛みをものともせず飛び出した義元に、圧倒された織田兵たちは、あたふたと退いた拍子に将棋倒しとなってしまう。みっともないかぎりだったが、一人の織田兵が、飛び出した義元の背後を冷静に見ていた。

——義元の背後には誰もおらん。

その織田兵が、いまだ背に樹木を負えぬ義元の背後に回ろうとする。だが義元の目配りに遺い、なかなか思い通りに動けない。織田兵の群れに眼を向けたまま、義元は体をずらしながら地べたに足跡を刻んでいく。

またもや粗忽者《そこつ》が義元めがけて槍を繰り出した。義元の左文字は容易くこれを弾き返したが、その隙に件の織田兵は義元の背後に回った。

件の織田兵が背後から組み付こうとしたその動きに、義元は気が付いた。素早く体を回して左文字を横薙ぎにする。かろうじて左文字をかわした件の織田兵が、尻餅をついてひっくり返る。追い打ちをかけようと宙に突き上げた左文字が、尻餅の織田兵の額を割ろうとして、凄まじい衝撃に押し戻されて急に軽くなった。

いつの間にか背に負おうとした木立まで来ていた義元は、背後の守りとするに足る木立の太い枝が頭上に来ているのを知らず、そこへ左文字を打ち当てて折ってしまったのだ。

義元が左文字を折ったのを知った尻餅の織田兵が、電光石火の短刀で義元のわき腹を抉ろうと飛び掛かってくる。

「得たりや」

すかさず義元は、指し添えの松倉郷に手をかける。

――まだ、間に合う。

敵の短刀が届く前に、その胸板を刺し貫ける――と義元が抜き放とうとした松倉郷が、びくとも動かなかった。

鍔の位置がずれて、帯に引っ掛かっていた。

「毛利新介」

その見ず知らずの織田兵の名乗りが、この世で義元が聞いた最後の声となった。

――外したな。

鍔が帯に絡まって動かぬ松倉郷に手をかけたまま、今川義元は死んだ。


（完）

◎本作品は書き下ろしです。
◎現代的な感覚では不適切と感じられる表現を使用している箇所がありますが、時代背景を尊重し、当時の表現および名称を本文中に用いていることをご了承ください。

駿風の人

潮文庫　た－4

2019年　6月20日　初版発行

著　　者　髙橋直樹
発 行 者　南 晋三
発 行 所　株式会社潮出版社
〒102-8110
東京都千代田区一番町6　一番町SQUARE
電　　話　03-3230-0781（編集）
03-3230-0741（営業）
振替口座　00150-5-61090
印刷・製本　株式会社暁印刷
デザイン　多田和博

ISBN978-4-267-02186-2 C0193

潮出版社　最新刊

玄宗皇帝　　塚本青史

女帝・則天武后、絶世の美女・楊貴妃、奸臣・安禄山が繰り広げる光と影！　大唐帝国の繁栄と没落を招いた皇帝の生涯を、中国小説の旗手が描く歴史大作！

夏の坂道　　村木　嵐

あの日、「総長演説」が敗戦国日本を蘇らせた！　学問と信仰で戦争に対峙した戦後最初の東大総長・南原繁の壮絶な生き様を浮かび上がらせた長編小説。

オバペディア　　田丸雅智

気鋭のショートショート作家最新刊！　読者から集めたテーマで物語をつむぎ出した至極の作品全18編収録。驚きと感動が入り混じった田丸ワールドへようこそ！

ミルキ→ウェイ☆ホイッパ→ズ

一日警察署長と木星王国の野望　　相本孝思

アイドルvsテロ集団!?　のどかな街で自爆テロが発生。世界の命運は３人の少女と１人の新人女性警察官に委ねられた——。新感覚ノンストップ警察小説！
